いつか、眠りにつく日3

いぬじゅん

STARTS
スターツ出版株式会社

目次

いつか、眠りにつく日3

プロローグ

「二十一時三十分、ご臨終《りんじゅう》です」

医師の告げた言葉はひどく事務的だった。

今後の流れについて説明する声が、耳の上を滑り落ちていく。

隣を見ると、お母さんがくしゃくしゃになったハンカチを顔に押し当て首を横に振っている。何度も、そう何度も。

お母さんの漏らす嗚咽《おえつ》が小さな部屋でぐるぐる回っているみたい。

私は……、私は。握りしめていた拳《こぶし》を開き、こめかみに手をやった。

ひどく、頭が痛い。

締めつけてくる痛みは、秒ごとに強くなっていく気がする。長袖の制服なのにすごく寒くて、部屋のなかにいるのに呼吸が白く漏れている。

「ごめん。ちょっと外に行ってもいい？」

泣いているお母さんは余裕がないらしく、なにも答えてくれなかった。

「すぐ戻るから」

そう言い残し病室を出ると、目の前に知らない男性が立っていた。

最初は影が立っているのかと思った。それは彼の服装のせい。黒いスーツ姿に黒シャツとネクタイ、靴も同じ色だったから。

もうお葬式業者が来たのかな、とぼんやりした頭で思った。体を横へずらすけれど、男性はそのままじっと私を見つめてくる。

「誰か亡くなったのか？」

低い声が薄暗い廊下に響いた。

「え？」

「亡くなったのは、誰だ？」

高校二年生になったばかりの私にだって、彼がエラそうな態度であることはわかる。

「……祖母が亡くなったんです」

なんとか言葉を出すと、男性は肩をすくめた。

「そっか」

「あの……祖母のこと、よろしくお願いいたします」

頭を下げる私に答えず、男性は病室へ入っていく。

部屋から逃げ出してきたような罪悪感に、思わずため息が出た。細い廊下を歩けば、夜の病棟は静かで足音さえも静寂を破らない。

ロビーへ着くと、すでに照明は落とされていた。受付の奥にある事務室でパソコンを打つ看護師さんのうしろ姿が見えた。私がいることには気づいていないみたい。

誰とも話す気になれないからちょうどよかった。

長椅子に座って薄いピンクの壁をぼんやり眺めていると、誰かが隣に座った。

さっきの葬式業者だ。頭の先からつま先まで黒で統一されているせいで、影のように思える。

「誰か亡くなったのか？」

また同じ質問をしてくる男性を不思議な気持ちで眺めた。

この人は、誰？

「だから祖母が――」

「本当に？」

長い足を組む男性に、ようやく感情が動きはじめる。

失礼な人、失礼な言いかた、失礼な態度。悲しみよりも怒りが一気に大きくなる。

「どういう意味ですか？　あなたは誰なんですか？」

「強気なんだな」

ニコリともしない男性の顔を改めて見る。

二十代半ばくらいか、切れ長の目に、意志を感じられる鋭角の眉、薄い唇は長めの前髪によく似合っている。サイドは耳が隠れるくらいで無造作に散らしてある。イケメンというか、かなりかっこいいのはたしかなこと。

でも、決して友好的ではない態度は大きなマイナスポイントだ。

「なにを言っているのかわかりません。もう放っておいてください」

ありったけの拒絶をこめて言うけれど、気にする様子もなく男性は長椅子に体ごともたれて天井を仰いだ。

「放っておきたいのはやまやまだけど、これも仕事だし仕方がない」

「すみません、看護師さん」

事務室にいる看護師さんに助けを求めるけれど、聞こえなかったのか振り向いてくれない。

「看護師さん！」

大きな声を出しても、彼女はまるで気づいていない様子だった。

「なあ、七海《ななみ》」

男性の声に、信じられない思いで隣を見た。

「え……？　なんで私の名前を知ってる、の？」

感情の主な成分は、怒りよりも恐怖へと変わっている。逃げようとしても、男性の瞳に縛りつけられたみたいに動けない。

真っ暗な瞳は、黒よりも果てしなく濃い色でブラックホールのよう。

「思い出せ」

低い声がそう命令した。

「思い出す……ってなにを？」

「ぜんぶだ」

「ぜんぶ……」

くり返すことしかできない私に、男性はすっと息を吸う。

そうして、はっきりとした口調で告げた。

「亡くなったのは祖母じゃない。雨宮《あまみや》七海、お前なんだよ」

と。

第一章　後悔に似ている

病院の外は、夜の景色に落ちていた。

さっき夕暮れを見た気がしていたのに、いつの間に時間が経っていたのだろう。

私は……なにをしていたんだっけ？　思い出そうとするそばから頭が痛みを生んだ。

振り返らず早足で急げば、春の風はまだ寒くて季節が戻ったみたい。

口からこぼれる白息をうしろへ流しながら病院を振り返っても、もう看板のほのかなライトが見えるだけだった。

それにしてもさっきの人は、いったい誰だったんだろう……。

不審者、というキーワードがすぐに頭に浮かんだ。

そうだよ、そうに決まっている。

初対面の葬儀屋が私の名前を知っているなんて怖すぎる。それに、家族が亡くなったときにあんな冗談を言うなんて信じられない。

私が死んだ？　まさか、と少し笑ってから不謹慎だと口を閉じた。

手足はちゃんと動いているし、アスファルトを踏む感覚もあった。

ああ、お母さんに声をかけずに病院を出てきてしまった。

一瞬足を止めかけて、さらに速度をあげて歩きだす。

もう一度あの男性に会うのは怖すぎる。とにかく家に戻り、お母さんにはそれから連絡をしよう。夜に制服で歩いているのはまずいだろうし。

角を曲がると、見慣れた町並みが広がっていた。
悲しみの実感はまだ、ない。
それよりも、お父さんとお母さんにどんな声をかけてあげればいいのかわからない。
おばあちゃんはお父さんにとっては実の母親だし、お母さんとの仲もすごくよかった。
どんな言葉を伝えても、慰《なぐさ》めにはならない気がする。
家が近づくにつれ、だんだん気持ちが落ちこんでくる。
――大好きなおばあちゃんが亡くなったというのに、どうして泣けないんだろう？
昔からそうだった。家でも高校でも、私はいつだって明るい雨宮七海だったから。
演じているわけじゃないけれど、そうすることが普通になっていた。
よく少女漫画とかでは、〝あれは本当の私じゃない〟なんて設定になりがちだけど、
私の場合は本当の自分すら見つけられていない。
いつも笑っていて、お笑いでいうとツッコミ担当。人と話をするのが大好きだけど、
ひとりでいる自分も好き。カラオケだと盛りあがる歌を選ぶけど、ひとりのときは失
恋ソングばかり聴いている。
相談に乗ればポジティブな意見を言うのに、自分のことになるとうしろ向きな考え
ばかり浮かんでくる。
どれが本当の自分なのか、切り取った断面ごとに違うからわからない。

今だって、大好きなおばあちゃんが亡くなったのに涙のひとつも出ない。ううん、もうずっと泣くことができないでいる。最後に泣いたのがいつかも思い出せないなんて、自分がひどく冷たい人のように思えてしまう。

さっきの男性は、亡くなったのはおばあちゃんじゃなく私だと言っていた。バカらしい。だったらここにいる私はなんなのよ。

「でも……」

つぶやく声はすぐに白い息に変わり、夜に溶けていく。

そもそもおばあちゃんはなんで亡くなったんだろう。たしか、総合病院の九階に入院していたはずだけど、今いた病院ではエレベーターに乗った記憶がない。

ひょっとしたら救急室みたいなところで亡くなったのかな……。

思い出そうとしても、頭痛があまりにもひどく、記憶がぽろぽろこぼれていくようだった。

かといって、さっきの黒ずくめの男性の言葉を信じるほど子供じゃない。

今になってまた怒りがこみあげてくる。

はじめて会った男に、なんであんな失礼な口調で命令されなくちゃいけないのよ。

怒りを足音に変えて家までの道を進んでいると、

「あの……」

どこからか声が聞こえた気がした。

まさか、さっきの男性にあとをつけられていた!?

おそるおそる振り返ると、少し離れた場所に、私と同い年くらいの男子が立っていた。が、すぐに体に緊張が走る。

その男子が普通じゃないと脳が判断したからだ。

外国の人らしく、金髪に近い茶色の髪はふわふわとパーマがかかっている。顔は幼く、目はまんまるだ。

普通じゃないのは顔ではなく、彼が着ている洋服だ。まるで教会の神父さまが着るような白色の一枚布を羽織っている。いくらなんでも怪《あや》しすぎる。

……ひょっとしたらなにかの勧誘とか?

「あの、あのですね……」

モゴモゴと口にして上目遣いで見てくる男子。頭のなかで警告音が響いている。

これは非常にまずい展開だ。じりじりとあとずさりをしながら、いつでも大声を出せるように肺にたくさん空気を入れる。

「あの、話がありまして」

かわいらしい声に、ふと気づく。まさか、これって俗に言うナンパってこと……?

人生初のナンパがこんな日じゃなくてもいいのに、と思う一方で、さっきの黒服の男性が言ったことをまた思い出す。

ナンパされるってことは、相手から私は見えているってこと。つまり、死んでいないってことだ。

やっぱりからかわれたんだと、あの男性へのムカムカが再燃する。

「えっと」

私の苛立《いらだ》ちなんて知るわけもなく、彼は口を開いた。

「七海ちゃんに伝えたいことはですね――」

「は?」

思わず聞き返していた。

今、私のこと名前で呼んだの?

気弱に首をかしげてから、「ああ」と彼はうなずいた。

「すみませんでした。ちゃん、なんて呼んで失礼ですよね。僕が雨宮七海さんに伝えなくてはならないことは――」

「なんで私の名前を知っているの?」

怖さよりも怒りのほうが先に立っているみたい。気づくと、足が勝手に男子に向かって進んでいた。

彼はしばらく宙を見てから、ようやく私の疑問を理解したらしく、

「あっ！」

短く叫んだ。

「それは……その」

「さっきも同じことがあった。いったい、あなたたち誰なんですか？　どうして私の名前を知っているの？」

さらに近づくと、彼は同じ幅であとずさりをする。

「違うんです。誤解なんです」

「どう誤解なのかちゃんと説明して」

一気に距離を詰める私に、彼は「ひぃ」と悲鳴をあげた。

「き、聞いてください。七海ちゃんは残念ながら亡くなってしまったのです。僕はそのことについて、アドバイスをしに来ただけなんです。あっ、痛い！」

最後の叫び声は、私が彼を思いっきり突き飛ばしたせい。派手な音を響かせ、うしろ向きに倒れるのを確認してから一気に走った。

今日はいったいどういう日なの⁉

必死で走りながら振り向くと、よたよたと男子が起きあがるところだった。

なんで見知らぬ人たちから名前で呼ばれなくちゃいけないのよ⁉

ようやく家に着くと鍵を開けてなかに入った。すぐにロックをし、チェーンもかける。

あとは……窓だ。

慌ててリビングへ向かうと、消し忘れたのか電気が煌々《こうこう》とついたまま。庭では、私の帰りを知った柴犬のハチがちぎれんばかりに尻尾《しっぽ》を振っていた。

「ただいま」

窓を開け、庭へ靴下のままおりると、ハチの首輪につながれている紐《ひも》を外し、家のなかへ招き入れる。すぐに雨戸を閉め、窓にもしっかり鍵をかけた。

これで戸締まりは大丈夫なはず。

はあはあ、と息を吐く私を気にもとめず、ハチは久しぶりに入れてもらえた部屋のなかをキョロキョロ見回している。雷がひどいときくらいしか入れないからうれしいのだろう。

ハチは私が幼いころからともに過ごした親友。今年で十五歳、人間でいうともうおじいちゃんなのかも。

制服のままフローリングに座りこむ私にじゃれついてくる。茶色の毛はおひさまのにおいがする。頭をなでると、私の前でごろんと寝転がりお腹を見せた。

「あのね、ハチ。おばあちゃんが亡くなったんだよ」

そう言っても彼には伝わらない。

ひとりっ子だった私はよくこうやってハチに話しかけていた。

「悲しいのに泣けないのはなんでだろうね」

なでてもらえないと理解したハチは、尻尾を振ってくるくる私の周りを歩きだす。

時計を見るともう夜の十時を過ぎている。お父さんは直接会社から病院へ向かったのだろう。

ああ、そうだ。お母さんに電話しなくちゃ。さっきの変な男性のことを伝え、お葬式の日程も聞いておかないと。

立ちあがると同時に軽いめまいがした。全力で走ったからだろう、さっきよりも頭痛がひどくなっている。

そこでようやく通学バッグがないことに気づいた。

「あれ……」

そういえば、いつからバッグを持っていなかったのだろう。病院にいるときにはもう、持っていなかった気がする。

まだ『遊んで』をやめないハチを置いてリビングを出た。階段をあがりながら、こめかみのあたりを押してみる。

割れそうなほど痛む頭は、きっとショックが原因だろうな……。

部屋のドアを開け、電気をつけた。

おばあちゃんが亡くなったというのに、お葬式のことや自分の体調について考えている自分が嫌い。悲しんでいないわけじゃないけれど、ほかのことを考えることで感傷から目をそむけているみたい。

机の横に投げ出されたままの通学バッグがあった。

一度帰ってから病院へ行ったんだっけ？　自分がした行動なのに、なんでこんなに思い出せないのだろう。

バッグからスマホを取り出す。とりあえずお母さんに連絡をしなくちゃ心配しているかもしれない。

が、スマホは充電が切れているらしく、どのボタンを押しても反応してくれない。

充電器ごと持って下におりると、落ち着いたらしくハチが窓辺に座っていた。

もう大丈夫かな……。

窓を開け、雨戸をハチが通れるくらいの高さまであげた。

「もう寝る時間だよ」

そう言うと、ハチは名残惜しそうに庭へおりた。紐につなぐと、あきらめたのか素直に小屋に入っていく。

「おやすみ、ハチ」

戸締まりをしてからスマホを充電する。

家の電話からかければいいのだろうけれど、お母さんの携帯番号を覚えていない。お母さんはすぐにキャリアを変える癖《くせ》があり、去年あたりから番号を覚えるのをあきらめてしまった。今じゃ、スマホの電話帳に頼りっぱなしだ。

待ちきれずにスマホに電源を入れようとするけれど、うんともすんとも応《こた》えてくれない。

しょうがない。着替えている間に少しは充電がたまるだろう。

立ちあがろうとしたときだった。玄関のドアがガチャガチャと音を立てたから思わず悲鳴が漏れそうになった。

誰かが鍵を開けようとしている⁉

半腰で逃げる体勢を整えるけれど、あっけなくドアは開かれた。

「ただいま」

姿を現したのは、スーツ姿のお父さんだった。仕事から帰ってきたのだろう、重そうな鞄《かばん》を手にリビングに入ってきた。一気に緊張が解けるとともにしゃがみこんでしまう。

「もう、驚かせないでよね」

そんなこと言われても困るだろうけれど、お父さんは意に介した様子もなくソファに腰をおろした。

「なんだ、電気つけっぱなしか」

ひとりごとのように口にするお父さん。

どうしよう……。今度は違う意味の緊張に体が襲われる。

お父さんは、おばあちゃんが亡くなったことをまだ知らないんだ。お母さんが連絡しているのかと思ったのに……。

「あの、お父さん」

声をかけてからキュッと口をつぐんだ。なんて伝えればいいのだろう。

明るく楽しい話題ならいくらでも出てくるのに、いつだって肝心なことは言えない。

しゃがみこんだまま、意味もなくフローリングを指でさわる。

その間にお父さんは「ああ」と口にした。見ると通勤鞄からスマホを取り出したところだった。私と同じで充電が切れてしまったらしく、キッチンカウンターに置いてある充電器にスマホをセットしている。

「お父さん、あのね、大変なの」

キッチンへ向かったお父さんは冷蔵庫を開けてなかを漁《あさ》りだした。

ようやく違和感が生まれる。

「聞いてる？　ね、お父さんってば」

どんどん血の気が引いていく。お父さんはまるで私の声が聞こえていないようなそぶり、ううん、姿すら見えていないみたい。

さっきの病院でもそうだった。事務室にいた看護師さんも私のことを……。

いや、そんなはずはない。

「ふざけている場合じゃないんだって。お父さん聞いて。ねえ、聞いてよ！」

壮大なドッキリ企画に巻きこまれているみたいな気分。それならどんなにいいか。そうであってほしい。

お父さんはビールを片手にソファに腰をおろすと、ネクタイを緩めている。私を見ない。見てくれない。

「あれ……」

そして、気づく。玄関の鍵を閉めるときにチェーンも一緒にかけたはず。なのにどうしてお父さんは家に入ってこられたの？

「お父さん……。お父さん！」

叫んでも声は届かず、お父さんはひょいとテレビのリモコンを持った。テレビがつき、チャンネルを選んでいる。

どうして見えないの？　すぐ目の前に立っているのに、どうしてお父さんはテレビの画面が見えているの？　まるで自分が透明人間になったみたい。

「ねえ、お父さんってば！」

お父さんの肩をつかもうと手を伸ばした。指先は肩に触れることなく体を通り抜けすとんと落ちた。

「嘘《うそ》……でしょう?」

何度やっても同じ。どんなに触れようとしても、お父さんの体に触れることができない。まるで空気をつかむかのように素通りしてしまう。

なにが……起きているの?

でも、さっきバッグやスマホには触れられたはず。充電しているスマホを持つと、すんなりと持ちあがった。地面が揺れている気がしたけれど、それは私の体が震えているからだった。

混乱した頭に鋭い痛みが走り、スマホが手から逃げ出した。床で激しい音を立ててもなお、お父さんは気づかない。

再び違和感を覚えて顔をあげると、お父さんの隣にさっきの白服の男子が立っていた。

人はあまりにも驚きすぎると悲鳴すら出ないみたい。

「なんで、ここに、いる、の?」

からからに乾いた声で尋ねると、彼は叱られた子犬みたいに目を伏せた。

「七海ちゃん、ごめん」

「どうして？」

どうしてここにいるの？　どうしてお父さんは私が見えないの？　どうして触れられないの？　どうして物には触れられるの？

たくさんの『どうして』を言葉にすることができない。

「ちゃんと説明させてほしいんだ」

ゆっくりとそう言いながら、男子が私に近づいてくる。混乱した頭でさっきのことが思い出された。

夜道で、この人を突き飛ばしたはず。

ということは、この人には触れられるってこと？

「七海ちゃん、あのね――痛い！」

思いっきり突き飛ばすと、あっけなく彼は床に転がった。自分の両手を眺める。

たしかに手のひらに感覚があった。なのに、どうしてお父さんには触れられなかったの？　なにがなんだかわからないよ。

「出ていって。この家から出ていってよ！」

うめいている男子を飛び越えリビングを飛び出し、全速力で階段を駆けあがった。

私の部屋には電話の子機がある。そこから警察に電話をかけよう。警察が来るまでは部屋に鍵をかけて――。

ドアレバーを下げ、急いで部屋に入ると、

「よお」

黒い服に身を包んだ男性がいた。私の椅子に座り、長い足を組んでいるのは、さっき病院にいた人だ。

うしろからは「待ってぇ」と白い服の男子が駆けてくる。

「ああ……」

腰から力が抜け、絨毯《じゅうたん》の上にへなへなと座りこんでいた。

終わった。詰んだ。ゲームオーバー。

申し訳なさそうに私の横を通って、彼は黒服の男性の横に並んだ。

黒い服のクロ、白い服のシロ。そんな名前を頭に浮かべながら、不思議なことに事実を受け入れはじめている。

私は……死んでしまったの？

「そろそろ理解した、って顔だな」

椅子に腰をおろしたままのクロが思考を読むように言ったので、意地でも認めてやるもんかと首を横に振った。

「まだ、よくわからない。わからないよ」

強気な気持ちは風船がしぼむように消え、最後の言葉は弱々しく絨毯に落ちた。

「亡くなったのは、祖母じゃない。雨宮七海、お前なんだよ」

病院で言われたのと同じ言葉だ。

家のなかにいるのに口から白い息が漏れている。寒くてたまらない……。

両手で体を抱きしめ、寒さと頭痛に耐える私に「よく聞け」とクロは続けた。感情のない平坦な声だと思った。

「これからお前には未練解消という作業をしてもらう。期限は、この世界で言うところの四十九日間。今が四月はじめだから五月末までとなる」

意味はわかっても思考が追いついていないらしく、言葉はするすると素通りしていく。こぼれ落ち、弾《はじ》けて砕け、消えていく。

クロにも伝わったのだろう、「七海」と言った。

私は答えない。答えなくなんかない。意味なんて知りたくない！

「おい、聞いてんのか」

無視を続ける私に、

「もう少しやさしく説明をしてあげてください」

シロが言ってくれた。

二度も突き飛ばしたのにやさしい人なんだ。ううん、人じゃないのかも……。

「うるさい。お前は口を挟むな」

「でも——」

「黙れ。消すぞ」

ぴしゃりと言ってからクロは私のそばに片膝をつき顔を寄せてきた。

「未練を解消しないと、お前は地縛霊《じばくれい》になる」

「地縛霊……？」

「お、やっとしゃべった」

顔をあげるけれど、軽い口調とは裏腹にニコリともしていないクロ。

「地縛霊というのは、この世に執着し続け怨念《おんねん》になった魂《たましい》のことだ。そうなるともう、俺には手を出せなくなる。永遠にさまよい、生きている人間に悪い影響を与え続けるんだ」

「わからない。言っていることがわからないよ」

「それはお前が拒否しているからだ。努力しないのに理解できるはずがない。上っ面だけで生きてきた七海らしいけどな」

その言葉にキッと顔をあげた。

「なにがわかるのよ」

「怒るのは心当たりがあるからだ。俺様くらいになると、お前の短い人生なんて一瞬で理解できる」

「嘘つき。もう放っておいてよ」

体ごと横を向くと、わざとらしいため息が聞こえた。

「そうやって逃げてばかりで苦しくないのか？」

「苦しくない」

そう、これまでもうまくやってきた。これからもうまく……。

そのときだった。急にけたたましく電子音が響いた。見ると机の上に置かれた電話の子機が鳴っている。すぐに音は消えた。下でお父さんが電話に出たのだろう。

「七海、ちゃんと集中しろ。いいか、お前は――」

「待って！」

そう言ったのは、悲鳴のような声が一階から聞こえたから。

瞬時に立ちあがり、クロをよけて部屋を出た。

すごい足音を立てて、お父さんがリビングから飛び出てくる。靴を履《は》こうとしてバランスを崩して壁に体をたたきつけた。

「お父さん！」

急いで階段をおりる足が、途中で勝手に止まっていた。

それは、

「ああ……」

お父さんが泣いていたから。ずるずると上がり框《かまち》に崩れ、お父さんは声を押し殺して泣いている。

「お父さん……？」

そばに行くけれどお父さんはうめき声をあげ、靴を履きなおしている。

「お父さん、私が見えないの？　ここにいるんだよ？」

歯を食いしばり立ちあがったお父さんが、ドアを開けて外に出ていく。

目の前で鍵が外から閉められた。ガチャンという音がやけに大きく聞こえた。

「これでわかっただろ？　いい加減認めろ、お前は死んだんだよ」

ゆっくり振り返ると階段の途中にクロが立っていた。シロはいちばん上の段で、悲しげな瞳でこちらを見ている。

私、死んじゃったんだ……。そう思うと同時に、常にかたわらにあった頭痛は波が引くように消えていった。急に視界がクリアになったみたいで、照明がまぶしい。

「あなたたちは……誰なの？」

カラカラの喉で尋ねると、クロは肩をすくめた。

「俺は死んだ人間に未練解消をさせる役割を担っている。それが終わればあっちの世界に連れていく。いわば、案内人ってところだ」

「あっちの世界？」

「あっちの世界はあっちの世界だ。ほかに形容できない」

「天国ってこと？」

質問する私に「ハッ」とクロが鼻で笑ったのでムカッとしてしまう。

「天国とか地獄ってやつは人間が考えたものだろ。似ているようでまったく違う。まあ、間もなく行くんだから、自分の目でたしかめろ」

下までおりてくるとクロは両腕を組んだ。

彼が悪魔なら、シロは天使なのかな。だとしたら、一度も天使を突き飛ばしてしまっている。

私の視線を追ったクロが、「ああ」と肩をすくめた。

「そいつは部外者だ。俺とは関係ない」

「ひどいですよ、そんな言いかた」

慌てて階段を駆けおりてきたシロが文句を言う。

「別に間違ったことは言っていない」

「約束したじゃないですか。ちゃんと面倒を見てくれるって」

「そんな覚えはない」

「ひどい」

「お前はお荷物以外のなんでもないんだ。何度もそう言ったろ」

冷たく言い放つクロに、一瞬でシロの大きな瞳が潤んだから驚いてしまう。みるみる涙はたまり、コップから水があふれるかのようにボロボロとこぼれ落ちた。

「だって僕は……僕は」

「ああ、また泣きやがって。泣くな！　泣かれると俺の査定に響くって説明しただろ！」

「だってだって……」

なにこの展開。きょとんとする私に、

「もうわかった。わかったから！」

イライラを吹き飛ばすようにクロがゴホンと咳ばらいをした。

「こいつは見習いの新人だ」

「そうなんです。よろしくお願いいたします」

まだ涙にむせびながら頭を下げたシロに、思わずお辞儀《じぎ》を返してしまった。

「ふたりの名前はなんていうの？」

「名前なんてものはない。俺たちは案内人だ。管理番号がないことはないが、お前らの世界での言語では訳せない。よって、言っても意味がない。意味がないことを知る必要もないってわけだ」

「じゃあ……未練解消っていうのは？」

話をしているうちに徐々に気持ちが落ち着いていくのがわかった。さっきまで感じていた寒さも、もうなかった。

「人間ってのは死ぬ直前に、心からの願いをする生き物らしい。未練解消ってのは、お前が最後に願ったことを自分の手でかなえることを意味する。その権利を行使してからあっちの世界へ行くんだ。こっちの世界に未練を残さないための儀式みたいなもんだ」

無意識に私は眉をひそめていたみたい。シロが「つまりですね」と鼻声で言った。

「あっちの世界に通じるドアの鍵を見つける作業のことです」

わかりやすいように言ってくれたんだろうけれど、残念ながらもっと混乱してしまう。わかったフリでうなずいておいた。

「私の未練ってどんなことなの？」

「俺たちにわかるわけがない。なんたってお前の最後の願いだからな。自分で探し出し、それを解消するんだ。期限は四十九日。長いようであっという間に過ぎるから急げよ」

「そんなこと言われても……」

「未練解消の相手は、人間であるとは限らない。なかには『あの漫画の続きが見たかった』なんてやつもいる。さらに、未練はひとつとは限らない、本当の未練にたどりつくまでにはいくつもの未練解消をこなさなければならないこともある」

「そんなのわかるわけないよ」

文句を言うと、クロは肩をすくめた。

「だから急げと言っている。未練解消の相手、もしくは対象となる動物やら物の前に立つと、そいつの体は光るだろう。光っている間は、相手に姿を見せることができ、さわることだってできる。ただし、未練解消が終われば相手からは、お前に会った記憶は消えてしまう」

やっぱり話が急展開すぎてついていけていない。でも、やらなくてはいけないのであれば、それほど難しいことじゃない気もした。私の未練解消の相手はきっとお父さんとお母さんだろう。別れも言えずに死んでしまったから、きちんと会ってさよならを告げればそれで終わるはず。

「とにかく、やってみればいいんだね」

話をまとめる私にクロは片眉をピクンとあげた。なにか文句を言われるのかと構えたけれど、やがて「そういうことだ」と玄関のドアを開けた。

「どこへ行くの？」

「未練を探しに行くんだ」

当たり前のように言うクロ。シロも同じくうなずいている。

「でも、お父さんが……」

「わからないやつだな。両親の体は光っていなかった。つまり、お前の未練解消の相手は両親ではないってことだ」

ドン、とすごい衝撃にさらされた気がした。

「じゃあ、お父さんとお母さんにはもう……会えないの？」

「会うことはできるが、お前の姿は向こうからは見えない」

当たり前のように答えたクロをぼんやり見つめた。

お別れも言えずに、私はあの世へ行くの？　まさか、そんなことないよね？

けれど、

「そういうことだ」

と、クロは言った。

「そんなの……ないよ。お父さんとお母さんに伝えたいことがたくさんある。だって家族だよ。ずっと一緒にいたのにさよならも言えないなんて、ひどすぎる」

「アホ」

たった二文字で片づけたクロがあきれた顔で振り向いた。なんて冷たい人なのだろう。

「簡単に自分の未練を見つけられると思うな」

「もう少しやさしくしてあげてください」

シロのフォローに舌打ちまでしている。

「俺は忙しいんだ。今、この町でもたくさんの人が亡くなっている。そいつらに同じ説明を何度もする身にもなれ。七海は自分でちゃんと未練を見つけて解消しろ」

「言ってることはわかる。うん……わかるよ。でも、お別れも言えないなんて、納得できない。そんなのあんまりだよ！」

「大きな声を出すな」

迷惑そうに耳を押さえるクロ。

「いいからお前はお前の未練解消をやれ。今すぐに、だ」

「……嫌」

「お前なあ」

怒った表情を浮かべたクロが、うなり声をあげて近づいてくるけれど、気持ちは変わらない。

さっきは、とにかくやってみようと思ったけれど、それはお父さんとお母さんに別れを言えると思っていたから。それができないなら――。

「未練解消なんてしない。したくないよ！」

叫ぶと同時に靴も履かずに走りだしていた。

「待て！」

クロの声も聞こえないフリで急ぐ。

急ぐ、ってなにを急いでいるんだろう。私はなにから逃げているんだろう。

途中ですれ違うサラリーマンも、コンビニから出てきた人も、誰も私に気づかない。それでも、暗い夜道を必死で走った。

駅裏にある公園に入ると、ようやく足を止められた。ベンチに手をついて息を整える。こんなに苦しいのに、それでも私は死んでいるの？

はあはあ、とあえぎながらしびれた頭で空を見た。あっちの世界ってどこにあるんだろう。未練解消をしてもしなくても、死んだことには変わりがない。

こんなこと、朝起きたときには予想もしていなかったのに、今ではもう自分が死んだことを受け入れているなんて……。

胸を押さえていると、なにか音が聞こえる。

――キイ……キイ……。

一定間隔で奏でられる金属音に目をやると、ブランコに誰かが座っているのが見えた。

小学生くらいの女の子だ。ランドセルを背負ったままブランコで揺れている。こんな遅い時間にどうしたのだろう。

心配になるけれど足は動かない。それは、女の子の体から出ている〝なにか〟のせい。黒い炎のようなものがじりじりと体から湧き出ている。

普通じゃない、という判断は正しいだろう。改めて観察すると、遠くから見てもわかるくらい肌が青白い。

決して見つかってはいけない、と本能が教えている。

気づかれないようにそっとあとずさりをする。

「あれが地縛霊だ」

耳元でクロが言ったので、

「ひゃあ」

間の抜けた悲鳴をあげてしまった。

「静かにしろ」

視線を女の子に向けたままクロは低い声で言った。

「あいつは未練解消を拒否した。あの場所に永遠に縛りつけられてしまった魂だ」

「ずっとあの場所で……？」

逃げてきた相手のはずなのに、スーツの腕をつかんでしまう。うしろにシロもいるけれど、走ってきたせいで息も絶え絶えになっている。

「今はまだ大人しいが、そのうち近づく人間にとり憑《つ》こうとするだろう。そうなる前に消えてもらうがな」

「そうなんだ……。かわいそうに」

「かわいそう？」

咎《とが》める言いかたに、ようやく彼の体から離れた。

「あんなに小さな子なんだよ。かわいそうじゃない」

「未練解消を拒否したから仕方ない。何度説明しても泣いてばっかりでどうしようもなかった。俺は悪くない」

ふん、と胸を張るクロ。ということは、彼が担当だったのだろう。

こういう人っているな、と思った。なにか問題が起きたときに自分の正当性をまず主張してくる人。

そして、私はそういう人にはなにか言ってしまう性格だ。

「それはクロの努力が足りなかったんだよ」

「――クロ？」

きょとんとするクロに人差し指を向ける。

「その見た目としゃべりかたで怖がらない人なんていない。いい？　人は見た目で判断する生き物なの。クロはもう少し接遇マナーを学ぶべきだよ」

「待て。クロってのは俺のことか？」

うしろでシロが「プッ」と噴き出している。

ギロッとひとにらみしてから、クロはふんと鼻を鳴らした。

「呼び名はなんでもいい。とにかく未練解消をしないと、お前もあの姿になるんだ。わかったな？」

「わからない」

「いい加減、自分が死んだことくらい認めろ」

「認めたくなんかないよ。だって、さっきまで生きてたんだよ。それなのにこんな状況、普通に受け入れられないよ。お父さんとお母さんと話ができないなんて、そんなの嫌」

気持ちは振り子のように揺れ動く。さっきは受け入れていたはずなのに、人から言われると認めたくない気持ちが大きくなる。

キュッと口を結ぶと、クロが私に近づくのが視界の端に見えた。

「それなら、なんでこれまでの間にちゃんと話をしなかった？」

「え？」

なんのこと？　固まる私に、これみよがしなため息が聞こえた。

「人間なんていつ死ぬかわからない。たとえば心臓発作が起きれば一瞬でこの世と別れなくちゃならん。毎日、一分一秒を大切にしてきたのか？　親にちゃんと気持ちを伝えてきたのか？　普段できていないくせに、最後だけやろうとするのが間違いなんだよ」

これまでと違い、クロはやけに静かな口調で尋ねてきた。

「毎日の生活のなかで、いちいち気持ちなんて伝えるほうがおかしいよ」

「結局、人間はタイムリミットが設定されないと素直に気持ちを言葉にできない生き物なんだ。だから、未練が残る。俺に言わせると怠慢、怠惰、エゴ、愚《おろ》か者ってとこだ」

言葉に詰まるのは思い当たることがあるから。でも、毎日感謝の言葉を言い続ける人なんているわけがない。そんなの、私だけじゃなくみんなそういうものでしょう？

「言いたいことはわかるよ。でも、やっぱり未練解消なんてできない」

「お前はここまで俺が親切に説明してるのに……」

「そもそもなんで私は死んだの？　なにがあったの？」

思い出そうとしても記憶がごちゃごちゃになっている。覚えているのは夕焼けの景色だけ。そのあとは病院にいたわけだし……。

自分が死んだ原因もわからないのに、未練解消なんてしたくない。

「じゃあ勝手にしろ」

「勝手にする」

プイと歩きだす私に、

「七海ちゃん待って!」

シロの声が追いかけてくる。

「お願いだからクロさんの言うことを聞いてください」

「お前までクロって呼ぶな!」

クロが恫喝《どうかつ》しても私は足を止めない。嫌だ。絶対に未練解消なんてしない。

シロが私の前に立ちふさがり両手を広げた。彼の白い服の裾がスカートみたいに風にひらめている。

「どいてよ」

「どかない。だって、ちゃんと未練を解消してほしいから」

まっすぐに私を見るシロの目からまた涙があふれる。夜の暗闇でもわかるくらいに大粒の涙がぼとぼと落ちている。

「どうして……泣くの?」

「僕は、未練解消のことはまだわかりません」

「新人だからな」

茶化すようにクロが言うと、シロはまた涙に顔をゆがめた。

「でも、ちゃんと七海ちゃんには未練解消をして旅立ってほしい。そうじゃないと、地縛霊になっちゃう」

「別にいいよ。死んでしまったなら関係ないでしょ」

「違うよ。全然違う。地縛霊になって、お父さんやお母さんに悪い影響を与えてもいいの？」

「悪い影響？」

「そうだよ。ふたりにとり憑いたり、悪い出来事をもたらしたりするかもしれないんです」

そっか……、私が地縛霊になったらふたりに迷惑がかかってしまうんだ。

「それは……嫌かも」

張り詰めた空気が緩む。

「クロさんも、ちゃんと未練解消をさせるって約束したじゃないですか」

「だからクロって呼ぶな！　いいか、見習い、よく聞け。これは慈善事業じゃない。俺は仕事としてやっているし、感情なんて何百年も前に捨てたんだ」

「でも……」

「うるさい。消すぞ」

「僕はどうなってもいいんです。でもこれ以上、七海ちゃんを苦じませないでぐださい」

涙でなにを言っているのかわからない。けれど、シロがやさしいことはわかった。

それなのに……。

クロをじとーっとにらむと、バツが悪そうな顔に変わった。

「……んだよ。俺が悪者かよ」

「そうじゃない」

気づけばそう言っていた。

「クロが悪いわけじゃない。だけど、非日常すぎて頭がついていかないの」

涙が出れば少しはラクになるのかな。こんなときなのに泣けないなんて、きっと生きているときから感情のバランスがおかしかったんだ。

未練解消なんてしたくないのは変わらない。でも、お父さんとお母さんが苦しむのは嫌だ。どっちにしても私が死んじゃったことに変わりがないなら、できることをしなくちゃ……。

しばらく小さく呼吸をくり返したあと、ありったけの勇気を出して口を開いた。

「未練解消……やってみる」

「ほんと!?」

ぱあっと顔を輝かせるシロ。

「できるかどうかわからないけど、やってみる」

「やった！　僕もできる限り協力するから、一緒にがんばろうね」

　まるで自分のことのようによろこんでいる。あまりにもうれしそうな笑顔に、少しだけ気持ちが軽くなった気がした。

「……まあ」とクロが鼻の頭をかいた。

「七海に両親への未練がないわけではない。ただ、最後に願ったのがそれじゃないだけだ」

　彼なりにフォローしてくれているのだろうか？

　そこでふと気づく。

「そういえば、ハチには私の姿が見えていたよ」

　家に帰ってからのことを思い出して言う。

「ハチ？　ああ、あのかわいくない犬か」

　吐き捨てるように言うクロに、シロが「クロさん」と顔をあげた。

「七海ちゃんのことが見えていたってことは、ハチが未練解消の相手ということですよね？」

「まあ、未練のうちのひとつだろうな。でも、あいつの体から出ている光はそれほど大きくなかったし、七海の体も光ってはいなかった。本命が別にいるのは間違いない」

　ふたりの会話についていけず「光？」と尋ねた。さっきもそんなことを言っていたような気がする。

「未練解消の相手の前に行くと相手の体が光る。体を包みこむような光だ。相手から
お前の姿は見えるようになるが、未練を解消したらそいつの記憶からお前のことは消
えてしまう。本当の未練解消ならば、そのときにはお前の体も光るだろう」

さっきハチは光っていたっけ？　私の体はどうだったのだろう？

ついさっきのことなのにもう覚えていない。霊は記憶を失いやすいのだろうか……。

「ハチとの未練についても考えてみながら、ほかの人にも会ってみようよ。きっとすぐに本当の未練解消の相手が見つかるから」

明るいシロの声に励まされる。

「うん……シロ、ありがとう」

「お前の名前、シロだって」

茶化すクロ。シロはうれしそうに目を細めてくれた。

「名前をつけてくれるなんてうれしい。七海ちゃん、ありがとう」

やさしい彼に、凍えた心が温められた気分になった。

「ねえクロ」

「なんだ？」

「おばあちゃんは……元気でいるんだね？」

「今のところはな」

「よかった……」

安堵《あんど》のため息がこぼれると同時に、なんだか視界がぼやけた。目をこすりたくても
なんだか体の力が抜けたみたいに動かない。

「変なやつだな。自分が死んだのに人の心配してる場合かよ。そういうところがお前
の弱さであり――」

暖かい空気に包まれるのがわかる。どんどん眠気が体に広がっていくみたい。

その場にぺたんと座ると、ふたりが顔を覗《のぞ》きこんできた。

「あれ、どうしよう……。すごく眠い」

そう言いながら、気づくと地面に体を横たえていた。土の感触が頬《ほお》に冷たくて気持
ちがいい。

「疲れたんだろ。あまり体力なさそうだもんな」

「僕たちが家まで運びますから安心してください」

ふたりはまるで真逆の性格だ。

どんどん世界が黒く染まっていくみたい。ひどく眠い、眠いの。

「ねえ、クロ」

「ん？」と顔を向けたクロが闇に消えていく。

眠りにつく前にどうしても伝えたいことがあった。

「お願いがあるの。ブランコの女の子、苦しまないように……」

あの子の幸せをただ願った。

「ああ、俺に任せておけ」

クロの言葉に安心すると同時に、世界は闇に包まれた。

第二章　想いは雨に負けて

目が覚めると同時に、幸せな感覚に包まれることがある。

それは遠足の朝だったり、家族旅行中だったり、夏休み初日だったり。今朝目を覚ました瞬間にも同じような気持ちがぶわっとこみあがった。

「夢……だったんだ」

悪夢が終わったんだ、と思うと同時に安堵のため息がこぼれた。

そうだよね。私が死ぬなんてありえないよ。ヘンな夢を見たわりには、心も体もすっきりしている。

昨夜は制服のまま寝てしまったみたい。薄暗い部屋で時計を確認すると、まだ四時半過ぎ。窓からの景色は夜のままだ。

一階へおりると当然のことながらお父さんとお母さんは起きていなかった。

それにしても変な夢を見たな……。クロとシロが出てきて、私が死んだと告げる夢。やけにリアルだけど、あまりにも非現実な設定の夢だった。

リビングの電気をつけると、まぶしくて目がクラクラした。

でも、昨日あったはずの頭痛はもうなかった。体調が悪いせいで悪夢を見てしまったのかも。なんにしても幸せな気持ちになれたからよしとしよう。

あれ……。頭痛は夢のなかの出来事だったっけ？

雨戸を開けると、庭にいるハチが私を見つけてうれしそうに尻尾を振っていた。

「おはよう、ハチ」

外用の草履《ぞうり》を履いてハチのもとへ向かおうとして、

「え……」

足を止めた。

ハチの茶色の体から金色の光が出ている。駆け寄って確認するけれど、窓から漏れる照明よりもキラキラした光が、ハチの体から生まれている。

色は違うけれど、まるであの公園の女の子みたい……。

じゃれてくるハチの頭を無意識になでながら、昨日の出来事が夢じゃなかったことを知る。

たしかに感じていた幸せな気持ちは、波が引くように去っていく。

「ハチ……私は、死んだの？」

「いい加減慣れろ」

「えええっ」

一瞬ハチがしゃべったのかと思ったけれど、そんなはずがない。振り向くといつの間に来たのか、クロが悠々と塀の上に腰かけていた。

夢じゃなかったんだ……。

「そんな……やっぱり私は死んだの？」

ショックのあまりへなへなと庭に座りこんでしまう。

「最初の二、三日はみんな状況を理解できずにパニックになる。なに、すぐに慣れるさ」

そんなこと言われても慣れたくなんかない。ハチはまだ尻尾を振って遊びたそうにしている。

「やっぱりハチには私が見えるんだね」

「未練解消の相手なんだろうな」

「動物が相手ってこともあるの？」

「まあな」

ひょいと塀からおりると、クロが近づいてくる。

「珍しいことじゃない。やっかいなのは逆のパターンのときだ。動物の未練解消の相手が人間だとかなり手こずる」

「へ？　動物にも未練解消があるの？」

「当たり前だろ。そういうところが人間の傲慢《ごうまん》なところだ。俺からすれば、お前ら人間だってこの犬となんら変わりない」

「そうなんだ……」

ハチはごろんと横になるといつものようにお腹を見せてきた。わしわしとなでまわしていると、リビングにお母さんの姿が見えた。

「ねえクロ。お母さん、なにしてるの？」

そう聞いたのも無理はないと思う。お母さんは、すでに明かりがついているのに電気のスイッチを押し、さらに窓とシャッターを開けるジェスチャーをしているから。

「お前はもう半分この世界にいない。さっきつけた電気も開けた雨戸も、母親のいる現実世界ではされていないことなんだ」

「じゃあ、お母さんは今本当に電気をつけたりしたってこと？」

「そうなる」

ああ、だからか……。昨夜、玄関のチェーンをかけたはずなのに、お父さんが家に入れたのもそのせいだったんだ。

お母さんは雨戸を開けたあと、なぜか動きを止めてじっと私を見てきた。

「お母さん……」

ひどく疲れた顔をしている。そうだよね。娘が亡くなったんだもの、つらいよね。

「お母さん、私ここにいるんだよ」

そばに寄るけれど視線が合わない。やがて、お母さんはため息を残して部屋に戻ってしまう。目の前で閉められるガラス戸に傷ついている私の顔が映っていた。

「もう二度と、お母さんと話をすることはできないんだね……」

「あっちの世界で待っていれば、いつかは再会できる。母親の幸せを願っていればいい。間違っても地縛霊になんてなるなよ」

初対面のときよりも若干声がやさしくなったように思えるのは、私の気のせいかな。

ううん、私のほうが慣れたってことなのかも。

「ほら、いいからその犬っころと遊べ」

「え?」

「お前の未練はどうせ、犬と遊ぶとか散歩に行くとかだろ。なんでもいいからやってみろ。ひょっとしたら、本命かもしれない。お前の体が光れば成功だ」

そっか……。まだ寝転んでいるハチに手を伸ばしてからふと疑問が生まれた。

「でも、散歩とかはどうなるの? 周りの人から、ハチがひとりで町を歩いているように見られない?」

住宅街をハチが歩く姿が目に浮かんだ。周りから私の姿は見えないとしたら、リードが宙に浮かんでいるように見えてしまうんじゃないかな……。

「今説明したことだろうが。お前がやった行動はぜんぶこっちの世界にいる人間には見えないんだよ。犬と散歩しようが、関係ない」

あ、そっか……と納得してから気づく。

「あれ、今日はシロはいないの?」

「どうせ寝坊だろ。新人のくせに情けない」

「私のせいだよ。駄々をこねて夜中まで引っ張りまわしたんだから。怒らないであげてね」

お願いをすると、クロは意外そうに目を丸くした。本当に驚いているような顔をしていて、なにかヘンなことを言ったのかと心配になった。

やがてクロは静かに首をかしげた。

「七海は昔からそうなのか？」

「どういうこと？」

「自分のことより人のことばっか心配しているだろ？　疲れないのか？」

ああ、そういうことか。

「昔からそうだったし、別に疲れないよ」

にっこり笑って言うと、クロはもっと不機嫌な表情になってしまう。

「明るい顔でごまかして、自分の言いたいことは言えない。そんなんだから、未練が残るんだよ」

「そんな言いかたひどい。クロみたいに『俺は間違ってない、正しい』って人ばかりだと、そっちのほうが大変そうじゃん」

「俺はそんなこと、一度たりとも言ったことがない」

「はいはい」

軽く答えてからハチの前で膝をかがめる。

「とりあえず、散歩に行こっか」

ハチは理解したのか、激しく尻尾を振ってよろこびを表現した。

――明るい顔でごまかして、自分の言いたいことは言えない。

クロに言われた言葉が頭のなかで回っている。

そんなことわかってる。ずっと前からわかっているよ。


いつもの散歩コースは堤防《ていぼう》沿いのあぜ道。朝早いせいか、歩いている人はそんなにいなかった。徐々に明るくなる空は、紫色から夕焼けに似た朱色へと変化していく。生きているときはこういう美しささえ、素通りしてしまっていた。それに気づけるなんて、私もだんだん死を理解したってことなのかも。

「ハチ」

声をかけると歩きながら振り向くハチ。ぷるぷる尻尾を振っている。

「私ね、死んじゃったんだって」

クロは仕事があると言ってついてこなかった。

この世には、あっちの世界との中間にいる人がさまよっている。未練の内容がわからない人たちは、とりあえず日常生活の続きを送っているのかもしれない。

私だってそうだ。生きているときとなにも変わらず、ハチと散歩しているのだから。

土手を抜けると橋がある。その交差点の向こうにある公園に寄るのがいつもの散歩コース。なのにハチは橋の手前でくるりと向きを変えた。もう満足したらしい。

家に戻ると首のリードを外し、庭にある紐につけかえた。ハチの体からはまだ金色の光が朝陽にキラキラ輝いている。

頭をなでると目を細めてハチはうれしそう。

「私の未練ってなんだと思う？　ハチと散歩をするだけじゃないみたいだね」

はっはっと舌を出すハチに問いかけた。

本当の未練解消の相手に会えば、自分の体も光ると聞いたっけ。その兆候は、今のところ見られない。

「本当の相手って、誰なんだろう……」

お父さんでもお母さんでも、ハチでもなかった。そもそも、死ぬ最後の瞬間に願ったことなんて覚えていない。

そこでふと気づいた。

あれ……私はなんで死んでしまったのだろう？

ハチから目を逸らし、ぼんやりと立ちあがった。

家のなかに入ろうとすると、ちょうどクロが戻ってきたところだった。

「ねえクロ」

「なんだ？　未練の内容を思い出したか？」

ううん、と首を横に振ってから、

「私ってどうやって死んだの？」

そう尋ねた。

「どうやって？　心臓が止まったからに決まっているだろう」

「そうじゃなくて、なにが原因だったの？　昨日いったいなにがあったの？」

するとクロは「知らん」とそっけなく言った。

「未練解消のためには自分で思い出さないといけない決まりになっている。他者からの情報は余計に混乱するだけだからな」

「自殺？　他殺？　病気？　それとも事故？」

「俺の地球語が変なのか？　自分で思い出せ、と言っているんだが」

食い下がっても答える気がないらしく、さっさと門へと歩いていく。

「ほら、早くしろ」

「もう行くの？　どこへ？」

追いかけながら尋ねる私に、クロは口をへの字に曲げた。

「お前は質問ばかりだな」

「だって、まだ全然受け入れられてないんだもん」

ぶうと膨れる私に、クロは両腕を組んだ。

「いつもと同じように行動して、そのなかから未練解消の相手を見つけるしかない。いつものお前ならなにをしている？」

いつもの私……。

「朝ご飯を食べる」

「食わんでいい。それに家のなかに未練はないんだから意味がない」

「そんなに急がなくても、まだ残り四十八日もあるんでしょう？」

「早ければ早いほどいいんだよ。目標は今日だ」

どうやらクロはそうとうせっかちな人間みたい。あ、人間じゃなくて案内人か。

「とりあえず、お前は高校生っていう職業なんだろ？　その高校とやらに行け」

「職業じゃないし――」

と言いかけて、ふいに思い出した。そうだ、私、高校生だっけ。いろんな記憶がマーブル模様みたいに混ざり合っている感覚だった。

今は、四月。高校二年生になったばかり。

そこまで思い出しても、どんな学校だったのか、どんな友達がいたのかすら思い出せない。

「ねえクロ。記憶が迷子になっているみたい」

「ああ」とクロは軽くうなずいた。

「そういうもんだ。でも、体が覚えているから歩いていればそのうち着くだろ」

「そのうち、って……遅刻しちゃうじゃん。そっか……みんなからは見えないんだ」

言いながらまた自分で傷ついている感覚。こんなことを何度もくり返すのかな。

歩きだすクロのうしろを手ぶらでついていく。通学バッグもスマホも私には意味のないアイテムになってしまった。

ああ、だから昨日はスマホの電源がつかなかったのか。

家の前に出ると、勝手に足が右に進んでいた。体が覚えているってこういうこと?

「学校に着いたらなにをすればいいの?」

隣を歩くクロに尋ねた。

並んでみると、彼の身長が想像以上に高いことに気づいた。横顔もクールでかっこいい。イケメンというだけでなく、落ち着いた雰囲気が大人っぽく見せている。

「アホ」

だけど、態度や口の悪さが長所を消している。消すどころか、思いっきりマイナス査定だ。

口のなかでブツブツ文句を言う私に構わず、クロは続ける。

「いつものようにしていればいい。ただし、誰かの体が光りはじめたら注意しろ。すぐにその場から離れるんだ」

「なんで離れるの？」

「そんなこともわからないのか。やっぱり人間は低能な生き物だな」

どんなにイケメンでも、言葉づかいが悪いからモテないと判断した。

ムッとして前を向くと、クロは「ああ、もう」とあきれた声を出した。

「光った相手からはお前の姿が見えてしまう。学校なんかで見えたら、それこそパニックになるだろ？　そいつがひとりになるチャンスを待って話しかければいい」

なるほど、とうなずく。

まだ朝の早い時間だからか、道を行く人のほとんどがスーツ姿のサラリーマンばかり。急いでいるのか、私の体をすり抜けて駆けていく人もいた。

「未練の解消ができない人って多いの？」

「そんなに多くはないな。でも、お前くらいの子供は、未練の内容がわかっても積極的に動いてくれずに困ることが多々ある」

「子供じゃないもん」

「大人はそんな言いかたしない」

ぴしゃりと言われムッとしてしまうけれど、昨日に比べると感情の波は穏やかになっている。少しずつ、今起きていることを受け入れられている気分。

「人間ってのは愚かだよ。死んでも、生きているときと同じように悩んでばかりだ。さっさと未練の解消をすればいいのに、同じところで足踏みしてばかり。そのくせ、すぐにピーピー泣くし」

口の端を少しあげて、クロはほほ笑んでいる。はじめて見る笑みだった。

誰かのことを思い出しているのかな……？　昔、担当した人が泣き虫だったとかかも。

自分でも気づいたらしく、ぐっと顔に力を入れたクロは、無表情に戻ってしまった。

「泣ける人がうらやましい。私、もうずっと泣いてないから」

そう言う私にクロがチラッと視線を送ってから、

「人間ってのもいろいろなんだな」

とあくびを逃がした。

遠くに学校の建物が見えてきた。あ、あそこだ。なんで忘れていたのかわからないほど、一気に記憶が戻る感覚だった。

校門の前まで来ると、向こうから白い服をはためかせシロが駆けてきた。

「すみません、遅れました！」

「遅いぞ」

不機嫌にうなるクロに何度も謝りながら、シロは苦しそうに体を折り、荒い息を吐いている。

シロっていっつも走っている印象がある。もしくは泣いているか。

「俺はもう行く。あとは新人とやってくれ」

「え、もう行くの？」

あまりにもあっさりと背を向けたクロに尋ねると、

「俺はほかにも仕事があるからな」

と、自慢げに胸を反らした。

「今、この瞬間にも亡くなっている人間がいる。そいつらを捕獲して未練解消の説明をしないとならん」

捕獲って、まるで虫かなにかみたい。

よくわからないけど「わかった」と答えてシロと校門をくぐる。

振り返ると、もうそこにクロの姿はなかった。

「へえ、高校ってこういうところなんだね！」

さっきからシロは興奮してあっちへ行ったりこっちへ行ったりしている。

校舎を二階へあがると、いちばん奥にあるのが私の教室だ。この春から二年一組になったんだ。

今日が四月……十日。ということは、二年生になってすぐに私は死んじゃったんだな……。

教室は朝の光で満たされていて、まばらに登校してきた生徒が楽しそうにはしゃいでいた。このなかに、私が仲良くしていた子がいるのかな……。

自分の席を思い出して座る。たしか、ここだったはず。

ハチは興味深そうに教壇に立ったり黒板にチョークで文字を書いたりしている。私にはよくわからない象形文字みたいなものだった。ていうか、ただの落書きに見える。

クラスメイトたちは顔を思い出せる子もいれば、まったく思い出せない子もいた。

「みんな楽しそう……」

私が死んでも続く毎日。彼らにとって私の死は、なんの影響も与えていないように思える。いつか、生きていたことすら忘れられるんだ。

ざぶんと悲しみの波が襲ってきた。ざわざわする胸に手を当てて立ちあがった。気づいたシロが駆けてくる。

「七海ちゃん、どうしたの？」

「なんか、気分が悪くって……。まだ時間も早いし、少し外の風に当たってきてもいい？」

「もちろん。じゃあさ、屋上に行こうよ！」

まるで子供のように目をキラキラさせるシロに「無理だよ」と答える。

「屋上には鍵がかかってて、誰も入れないの」

「大丈夫だよ。僕に任せて」

言うやいなや、シロはもう教室の扉に向かっていった。しょうがない、と立ちあがる。

誰も私を見ない。誰も私がここにいることを知らない。

またひとつ、さみしくなった。

屋上へ通じるドアは、濃い青色。見るからに重厚で、照明が届かないせいであたりは薄暗い。この先にラスボスでも待っていそうな雰囲気だ。

「ほら、入れないでしょ？」

ガチャガチャとドアノブを回すと、予想通り鍵がかかっていた。

「うん。でも大丈夫」

ほら、とシロは右手をドアに押しつけてみせた。

なにが大丈夫なんだろう、と首をかしげていると、シロの右手がずぶずぶとドアに吸いこまれていった。

「ひゃあ！」

「こうやって物を通り抜けることができるんだよ。生きている人間が僕たちをすり抜けていくのと同じ理論なんだ。七海ちゃんもやってみて」

「え、怖い……」

思わずあとずさりをしてしまう。

「怖くないよ。ドアに手を当てて『向こう側へ行く』って思うだけなんだから。ほら、ほら」

あっという間に体の半分をドアに吸いこませるシロに、余計に怖くなる。

「こう？」

そっと手を置くと、ひんやりとした感触がする。生きているときとなんら変わりがないのに、実際の私はもう死んでいるなんて不思議。

グイと押してみても、『すり抜けろ』と念じてみてもまったくダメ。ドアはドアだし、すり抜けるなんてできそうにない。

何度やってもうまくできない私を見かねて、シロが向こう側から鍵を開けてくれた。できなくてよかったという気持ちと、少しの悔しさがある。

――ギイ。

すごい音を響かせてドアを開けると、春の青空が広がっていた。

「うわ、すごい」

思わず感嘆の声を出してしまった。昨日よりも暖かい風が吹くなか、白い雲がぽつんとひとつ流れている。久しぶりにこんなに大きな空を見ている。

「気持ちいいね」

手すりにもたれると町並みが遠くに見えた。普段から歩いていた景色なのに、上からだと知らない町に思える。

近くに目をやると、列になった生徒たちが校門へ向かって歩いている。校門に立っている先生に「おはようございます」と挨拶する声がここでもかすかに聞こえてくる。

いいな、と思った。みんなは自分が今日死んでしまうかも、なんて想像もしていないのだろう。

隣に並んだシロが「おーい」と声を出している。そんなこと言っても誰にも聞こえるはずないのに。

「なんだか、クロとシロって正反対の性格だね」

「僕も思う。でも、クロさんはとってもいい人だよ」

「そう？　不機嫌でエラそうで、私はちょっと苦手」

素直な感想に、シロはおかしそうに笑った。

「ああ見えてやさしいところもあるんだよ。その部分はちょっと見えにくいけどね」

髪がふわふわと揺れる横顔を見てから、手すりに置いた両手に顔をのせた。

「私の未練ってなんだろう……。ねえ、シロは知っているの？」

「クロさんくらいのレベルにならないと内容まではわからないんだ。ごめんね」

「そうなんだ……」

私が落ちこんだと思ったのか、「大丈夫」とシロは励ますようにうなずいた。

「七海ちゃんのすべての未練の解消が終わるまで、僕はそばにいるから」

決まった、と思ったのか、シロは得意げに笑みを浮かべた。私も笑みを返してからまた空を見あげた。

「未練解消の相手の前に行けば、ハチみたいに光るんだよね？」

「うん」

気持ちよさそうに伸びをしているシロが、風に目を細めた。

「きっと想像しているより簡単なことだよ。七海ちゃんの体が光れば、未練解消のはじまり。その人に思うことを伝えたり、やってみればいいだけ」

「未練の解消をすることに意味があるのかな？　だって、絶対に苦しいと思うの。自分が消えるためにやる宿題みたいなものでしょう？　どうしてそんなシステムがある申し訳なさそうにうつむくシロを責めているわけじゃない。

「そうだよね。ごめん」

「僕こそごめん」

沈黙に春の風がぴゅうと躍った。開花に遅刻した桜の木々がピンクの花を雪のように降らせている。

「この学校にも地縛霊っているの？」

「うん」

当たり前のようにうなずいたシロが、人差し指を校庭に向けた。

「ほら、あそこにもいる」

見ると、校庭の向こう側、ひときわ大きな桜の木の下に女子生徒がひとり立っている。遠くてよくわからないけれど、普通の生徒のように見えた。

「え、あそこにいる女子のこと？　あの子はどう見ても生きているでしょ」

「ううん。すごい闇が見えるから地縛霊だと思う」

まさか、と私は笑うけれど、シロはじっと視線を向けたまま「見てる」とつぶやいた。

「あの子、じっとこっちを見てる。僕たちに気づいたみたい」

「シロって視力がいいんだね。私はなにも見えないよ」

感心する私には答えず、シロは地縛霊だという女子生徒から視線を外さない。

「ひょっとして、あの子に襲われたりするの？」

「それはないよ。地縛霊はその地に捕らわれているから、桜の木の周辺からは動けないはず」

もう一度、遠くにいる女子生徒を見る。顔も見えないのに、彼女の悲しみが伝わってくる気がした。まるで私に助けを求めているような……。

「七海ちゃんは地縛霊のことは気にせずに、まずはクラスメイトのなかに未練解消の相手がいるかどうか――。どこに行くの？」

ドアに向けて歩きだす私に不思議そうにシロが尋ねた。

「あの子に会いに行ってくる。襲われないなら、安心でしょ？」

「ちょっ！　ダメダメダメダメ！　クロさんが知ったら大変なことになるよ」

大慌てで私の両手を握ったシロに、

「大丈夫だよ」

とうなずいてみせた。

「大丈夫じゃないよ。絶対にダメ！」

「クロはしばらくは戻ってこないし、教室に行くにもまだ早すぎるもん」

「でもダメ！」

自分でもなぜかわからない。ううん、本当はわかっている。教室に行く勇気が出ないだけ。

「ちょっと観察するだけだから、ね？」

私は逃げている。そう、思った。


一階へおりると同時にチャイムの音が鳴りだした。

遅れまいとダッシュを繰り出す生徒たちがわっと押し寄せてきた。

「危ない！」

避けようとした私の体を、彼らはどんどんすり抜けていく。

そっか、向こうから私は見えないんだ。

「よくないよ、七海ちゃん。行かないほうがいいって」

さっきからシロは必死で私を止めようとしてくる。

「ちょっと近寄ってみるだけだから。危なそうなら逃げるし、シロも新人とはいえ案内人なんでしょう？」

「そ、それはそうだけど……。クロさんだっていないから、どこまで守れるかわからない。ほら、悪いにおいもしてるし」

鼻をくんくん動かしている。

桜の木が近づいてくる。この学校のシンボルと言われるほど大きく、ピンク色の花が雨のように降っている。もう緑の葉が見えはじめていて、花は今まさに終わりを迎えているようだ。

その大木の幹に手を当てている女子生徒が見えた。まるで木に話しかけるように上を向く彼女は、長いストレートの黒髪で、私と同じ制服を着ている。木に立てかけるように黒色の雨傘が置かれていた。

「さ、もういいでしょ。早く校舎に戻ろうよ」

グイグイ私の腕を引っ張るシロに、

「待って。もう少し」

彼女の顔が見たくてさらに数歩進んだ。

そのときだった。女子生徒がゆっくり振り返ったのだ。

彼女の顔は、とても大人っぽく見えた。白い肌に大きな目がよく似合っている。

しばらく時が止まったように動きを止めてから、彼女は首をかしげた。

「あなた、私のこと、見えているの？」

公園のブランコにいた少女とは違い、黒いオーラのようなものは見えなかった。違うのは、輪郭《りんかく》が風景に溶けるようにぼやけていることくらい。

「あ、あの……すみません」

つい謝ってしまったのは、まるで覗き見したような罪悪感があったから。

彼女は瞳を大きく見開かせ、

「……本当に見えている、の？」

ささやくような声でつぶやいた。

「はい……見えています」

そう言うと彼女は両手で顔をサッと覆った。細い肩が震えだすのを見て、泣いていることを知る。

どうしちゃったのだろう。

声も出さずに泣き続ける彼女に近づこうとする腕をシロがつかんだ。

「これ以上近づくのは危険」

「でも……」

「いけません」

丁寧な口調のシロが本気で止めているのがわかった。

「あの……どうして泣いているの？」

尋ねる私に、彼女はゆるゆると顔をあげた。そして、何度も洟《はな》をすすって息を整えてから口を開く。

「私の姿、誰からも見えないみたいで……。だからずっとひとりだったの」

「そうなんだ……」

「もうずっと、ここにいる。未練の解消ができなかったから、だから……」

うつむく彼女の瞳から涙がひと粒こぼれた。とても地縛霊とは思えなかった。

「どうして亡くなったのですか？」

「よくわからないの。記憶が混乱してて……。たぶん、昔から心臓が悪かったから、発作かなにかでだと思うの」

それからずっとここにいるなんて、どんなに悲しかったのだろう。

彼女はこらえきれないように顔をゆがめてから、また両手を顔に当てた。

「七海ちゃん！」

シロが叫ぶのも構わず、泣いている彼女のそばに立った。

「私は、雨宮七海。高校二年生です」

「……怖くないの？」

信じられないという表情を浮かべた彼女に「怖いです」と正直に答えた。

「今襲われたらヤバいのかもしれないけど、泣いている人をぼんやり見てるのは苦手なの。それって、あまりにも冷たいでしょう？」

「あなた、変わった人ね」

少しだけ口角をあげた彼女が、

「吉田志穂《よしだしほ》」

そう名乗った。

「志穂さんは、高校三年生？」

「そうだよ。でも、死んでから数年は経《た》っているから、今はもう二十歳くらいかも」

木の根元に座った志穂さんの横に私も腰をおろした。ざざ、と揺れる葉音がリアルだった。

「私も高校二年生になってすぐ死んじゃったみたいなんです」

「七海さんはどこで目覚めたの？」

「病院です」

「そう」

自分の死を体験した人だけができる会話。シロはまだ距離をあけたまま、犬のようになっている。

上を見ると、たくさんの桜の花びらがくるくる回りながら降っている。

そっと手を伸ばすと、手のひらに一枚落ちた。

心のなかで『すり抜けろ』と願ってみると、するりと手を通り抜けた。

あ、できた。

うれしくなってしまい、右に座る志穂さんを見る。彼女は軽くうなずいてくれた。

「七海さんはいつ亡くなったの？」

「それが……昨日なんです」

「昨日？　じゃあこれから未練解消ができるんだね」

「はい……」

「いいなあ。私はもう二度とできないから」

あはは、と笑いながらまだ志穂さんは泣いている。

「あの、志穂さんはどうして未練の解消を……？」

しなかったのか、できなかったのかがわからずあいまいに尋ねた。さらさらと髪を風に流しながら、志穂さんは「できなかった」と答えた。

「自分の未練がなにかはわかっていた。ちゃんと未練解消をしようと思った。でも、どうしてもできなかったの」

悲しげに瞳を伏せる志穂さん。いったいなにがあったのだろう……。

「詳しく聞いてもいいですか？」

チラッとシロを見ると全力で首を横に振っている。

そんなことより、自分の未練解消をしなくちゃいけないってことはわかっている。

でも、泣きながら笑っている志穂さんを助けたい。

志穂さんは迷うように唇をギュッとかんでから、

「あの、ね」

と口を開いた。

「高校に入学してすぐのころ、帰るのが遅くなった日があったの。この桜が満開の花を咲かせていてね、うれしくなってここに来たんだ」

なつかしそうに目を細める志穂さんの横顔は美しかった。

「そしたら急にすごい雨が降りだした。もう嵐みたいなひどい雨でね、雨粒と一緒に桜の花が一気に地面にたたきつけられたの」

「そんなにすごい雨だったんですか？」

「ただでさえ桜が散るのって悲しいでしょう？　なのに強制的に散らされているみたいで、悲しくて泣いていたの」

「志穂さんて、生きているころから泣き虫だったんですか？」

思わず尋ねると、志穂さんはぷうと頬を膨らませた。

「泣き虫じゃないよ。ただ、人より少し涙腺が弱いっていうだけなの」

私は泣けない。どんなにうれしくても悲しくても、泣くことができない。まるで、志穂さんと真逆だ。

「そのときに、彼と出会ったの」

「彼って？　男子？」

「名前は、斉藤奏太《さいとうかなた》さん」

口にしたとたん、志穂さんは顔を赤らめた。

「傘がなくて泣いていると思われたみたいで、自分の黒い傘を貸してくれたの。無言で傘を差し出すと、雨のなか駆けていったの」

「へえ、まるでドラマみたい」

ふふ、と笑うと志穂さんもうれしそうにはにかんでから、横に置いてある傘を見た。

斎藤さんが貸してくれたという傘なのかな……。

「そんないいものじゃないよ。だって、私はなんにもしゃべれなかったんだから。あとで聞いたら、他校の生徒だったの。泣いている私を心配して、わざわざ声をかけてくれたんだって」

「奏太さん、よくここに志穂さんが立っているって気づきましたね。ここから校門の外は見えないのに」

高い塀に覆われているこの場所は、校門のなかに入らないと見えない。

「それがね」と遠い目をした志穂さんがほほ笑む。

「彼は雨が好きなんですって。雨の日にはこの町のいろんな景色を見て歩いているとうれしそうに話してくれたの。雨のなかで満開の桜が見たくてこっそり入ったら、私が泣いていたから驚いたみたい」

そうしてから志穂さんははにかんだ。

「翌日も雨降りでね……だから、彼にまた会えたんだ」

目じりを下げて口にする志穂さんはとてもきれいで、地縛霊は人に災いをもたらすと聞いていたけれど、例外もある気がした。

「それからね、私は雨が降る日はここに立っていた。雨の日の夕方は、必ず彼が会いに来てくれたから。名前を知ったのはずいぶんあとだった。奏太さんは駅裏にある畳屋さんの息子さんなんだって。結局、勇気がなくて行けなかったけれど」

頬を両手で押さえながら志穂さんは続けた。

「いつしか、雨が好きになっていた。同時に、奏太さんのことを好きになっていく自分にも気づいた」

好きな人の名前を口にするとき、人はやさしい顔になるんだな。

ふいに、なにかの記憶が頭をかすめた気がしたけれど、思い出そうとするそばから煙のように消えてしまった。

「雨の日にだけ会える、ってロマンチックですね」

志穂さんが雨のなか、ずっと奏太さんを待っている映像が頭に浮かんだ。

「でも、結局傘は返せなかったんだ。私は違う色の傘を持っていつもここに立っていた。返してしまったら、もう会えなくなりそうで怖かったの」

「それが高校三年生まで続いたのですか？」

あなたが亡くなるまで、とは聞けなかった。

「わからない。ある日気づいたら、桜の雨が降る日にここでひとりぼっちで泣いていたの。あれからどれくらい経ったのかな？　会いたくて、だけど奏太さんはもう来てくれないの。どんなに待っても来ないの……」

私もさみしくため息をこぼした。

「きっと私が死んじゃったから、奏太さんは来るのをやめたんだと思う。しょうがないよね……。どんなに待っても会えない。もう、この傘を返すこともできない……」

きっと傘を返すことが彼女の未練なんだと思った。

「未練解消の期間中に、会いに行かなかったんですか？」

「案内人さんには何度も怒られた。だけど、できなかった。好きな人に、自分が死んだことを言うなんて……できなかったの」

嗚咽を漏らす志穂さんの肩を抱いた。しばらく泣き続けたあと、志穂さんが「でも」と震える声で言った。

「今日は久しぶりに七海ちゃんが声をかけてくれた。だから、すごくうれしかった」

そう言ったあと、志穂さんは急に顔をしかめたかと思うと、体をぐっと丸くした。

「どうしたんですか？」

「あ、うん。たまに胸のあたりやお腹が気持ち悪くなるの。たぶん、もう私は悪い霊になっているんだと思う」

苦しそうにあえぐ背中をさするけれど、

「ダメ。今日はすごく苦しい。ああ、苦しい」

声が低くなっていくのがわかった。彼女を包みこんでいる空気が濁った気がした。

「志穂さん、しっかりしてください」

私の手を解くと、

「危ないから、もう帰って」

志穂さんは短くそう言った。驚くほど顔色が悪くなっている。

「でも……」

「私はもう大丈夫。お願いだからひとりにして」

気圧《けお》されるように立ちあがると、シロが必死で手招きしている。

「早く早く！」

「じゃあ、また来ます。ありがとうございました」

膝の間に顔をうずめる志穂さんが、どんな顔をしているのかはわからなかった。

さっきからシロはムスッとしたままうしろをついてくる。

時間はもうすぐ十時になるところ。駅前は閑散としていて、人の姿はまばらだった。見慣れたはずの大通り、交差点、改札口や看板まですでになつかしく思えてしまう。

「ねえ、七海ちゃん。僕はやめたほうがいいと思うけど」

何度目かの忠告に振り返った。

「だって、気になるんだもん」

「いくら斉藤奏太さんに会ったって、僕たちの姿は人間には見えないんだよ。ましてや七海ちゃんの未練解消の相手でもないわけだし。できることなんてひとつもないって」

「わかってる。でも、志穂さんに今の彼の様子だけでも教えてあげたいよ。ずっとあそこで待ち続けているなんて、あんまりにもかわいそう」

「それはそうだけど、相手は地縛霊なの忘れてない？　危なすぎるよ」

自転車のおばさんが私の体をすり抜けていく。なんだかこういうことにも慣れていくのが少し悲しい。

「本当に地縛霊なのかな？」

「間違いないよ」

「志穂さんは私を襲おうという感じじゃなかったよね？　むしろ、助けを求めているように見えた。あんなに泣いて、かわいそうだと思わないの？」

そう言うとシロは唇を尖《とが》らせたまま視線を逸らした。

駅裏にある商店街を抜けると、さらに人の姿は少なくなった。

花屋の前にあるベンチに腰をおろすと、シロはなぜか私の前の地べたに座った。

「隣に座ればいいのに」

「いい」

まだ怒っている様子。子供みたいな態度に思わず笑ってしまった。

「奏太さんの様子を見たら、ちゃんと学校に戻って未練解消の相手を探すから」

「そうじゃなくてさ……嫌な予感がするんだよ」

上目遣いで私を見るシロが首をゆっくりとかしげた。

「あの子、本当に数年前に亡くなったのかな？」

「え？」

「ひょっとしたらあの子、何十年も前に亡くなっているんじゃないかな」

「どうしてそう思うの？」

予想外の推理に身を乗り出すと、シロはあごに手をやり、「だって」と言った。

「桜の木が見たいから、って他校の生徒が校門から入ってきたりする？　いくら雨の日を選んでいるとはいえ、それなりに目立つと思うんだよね」

「奏太さんも志穂さんに会いたかったんだよ。ほら、ロミオとジュリエットみたいな感じなんだよ、きっと」

会いたくても会えないふたり。それこそドラマや映画みたいな設定だ。

シロはピンとこなかったようで難しい顔を崩さない。

「七海ちゃんは覚えていない？　校門から続く壁は、昔はなかったんだよ。できたのは十年くらい前だったと思う」

「……それって」

「志穂さんが亡くなったのも奏太さんと会っていたのも、すごく前の話だとしたら納得できるんだよ。その場合、志穂さんは長い間、地縛霊としてあの場所にいることになる。ひょっとしたら、今の奏太さんはおじいちゃんになっていたり、万が一だけど亡くなっていることもありえるよね」

否定したいのに、冷静なシロの考えに同調している私がいる。でも、志穂さんが悲しいことにはなにも変わらない。

「もしそうだったなら、なおさら奏太さんの様子を知りたい。とにかくクロに見つかる前に行こうよ」

「誰に見つかる前に？」

やけに低い声で聞いてくるシロに、

「クロにきまってるでしょ」

と答えるけれど、目の前のシロは私のうしろを見たまま口をぽかんと開けている。

あ……これ、ヤバいやつだ。

案の定、振り返ると腕を組んだクロが立っていた。

「俺に見つかると困るようなことをしてたってことか」

うわ、と立ちあがりシロのうしろに隠れた。

「別に、ちょっと未練を探しに来ただけだよ。ね？」

「そう、そうです。たぶん、そうです」

カクカクとうなずくシロは嘘が苦手みたい。

わざとらしくため息をついたクロは、嘆かわしいとでもいうように頭を左右に振った。

「なんで人間というのは、自分のことよりほかの人のことばかり考えるんだ。それはやさしさなのか？　いや、違う」

自分で質疑と応答をしてからクロは言い放った。

「それは弱さだ。弱い人間ほど、ほかのことにすぐ気を取られる。七海、お前は逃げているんだよ」

「……ムカつく」

思わずそう言い返すと、クロはおもしろそうに片眉をあげた。

「その反応ははじめてだ。お前くらいの年齢の女子はたいてい、泣きわめくもんだけどな」

あ、まただ。なつかしそうに口元を緩めるクロ。きっと、昔に未練解消を手伝った女の子がそういう態度を取ったのだろう。

「私は泣かない。涙なんて出しかたすら忘れたもん」

「心がないってことか。だったら俺と同じだな」

「同じじゃない！」

売り言葉に買い言葉ということはわかっている。だけど、どうしても志穂さんを助けたかった。

深呼吸をして心を落ち着かせる。

「少しだけでもいいから調べたいの。自分の未練解消の相手はちゃんと探すから」

「それこそ余計なお世話だ。志穂はもう地縛霊になってんだよ。今さらどうしようもない」

「あれえ？」

急にシロが間の抜けた声をあげたかと思うと、クロをじっと見つめた。

「今、志穂って呼び捨てにしましたよね？　ひょっとして、クロさんの担当だったたってことですか？」

「うっ」

わかりやすく言葉に詰まるクロ。

「志穂さんは七海ちゃんを襲うこともありませんでした。つまり、まだ完全な地縛霊になっていないってことです。僕思うんですけど、それってクロさんのおかげなんじゃないですか？　悪い霊気をたまに吸い取ってあげてるとか、それとも——」

言葉の途中で、クロはシロの口を大きな右手で塞いだ。

「お前はしゃべりすぎなんだよ。少し黙れ」

「ふあい」

「俺の協力をするって約束したから面倒見てやってるんだ。ちゃんとこいつの未練解消の手伝いをしろ。わかったか？」

ぶんぶんと必死で首を縦に振るシロに、クロは「よし」と手を離した。

私は、苦しげにあえぐシロからクロに視線を戻した。

「奏太さんにだけ会わせて。今の様子を志穂さんに伝えたいの」

頭を下げる私に、クロはそっぽを向いた。

「勝手にしろ。今なら畳屋には奏太以外誰もいない」

「え？」

「一応見てきてやったんだ。ほら、さっさとしろ」

よくわからないまま歩きだす。

「そっちじゃない。こっちだ」

クロがいてよかった。言われるがまま右へ左へと小道を入っていくと、ようやく『斉藤畳店』と書かれた看板が見えた。

い草の青い香りが入り口にむわんと漂っていた。一階が作業場になっているらしく、仕上げ中の畳が置いてある。その横には小さな接客スペースと応接セット。昔ながらの畳屋さんといった感じだ。

――ガタガタ。

足音がして、誰かが階段をおりてくる。

おじいさんになっているかも、という予想に反し、若い男性だった。

短めの髪に、チェックのシャツとデニムがよく似合っているけれど、怒ったような顔で奥にある戸棚を開けてなにか探している。

この人が、奏太さん？

高校生とは言えないまでも、まだ二十歳そこそこに見えた。

「様子もわかっただろ？　もう行こう」

　クロの声に「うん」と答えてから作りかけの畳をじっくり眺めた。こんなふうに畳ってできてるんだ。でっかいピンみたいなものがたくさん畳に突き刺さっている。

　クロがそばに来たので、ピンをさわりながら尋ねることにした。

「奏太さんってもうこの畳屋さんを継いでいるのかな？」

「いや、まだだけど」

「じゃあ大学とか行ってるの？」

「今は四回生。って、なんで俺の名前知ってるの？」

　え？と顔をあげると、クロだと思っていた人は……奏太さんだった。

「え、ええっ!? なんで私のことが……」

「そっちこそ、どういう魂胆《こんたん》でここに来たわけ？」

「あの……クロが」

「は？」

　見ると、クロは素知らぬ顔をしている。シロはただただ驚愕《きょうがく》のポーズで固まってしまっていた。

　奏太さんは怒りを顔に滲《にじ》ませている。

「ごめんなさい。私……ただ、奏太さんの様子を知りたくて」

「だからなんで俺の様子を――」

「それは、その」

要領を得ない私の体をずいと押して、クロが割って入った。

「俺は案内人だ。悪いが、お前のこともずっと観察させてもらっていた」

「は？　なんで？」

挑むような口調の奏太さんは、クロやシロの姿も見えているらしい。

「あんたたち、いったい誰なんだよ」

強気な言葉の裏に、奏太さんはなにか隠しているような気がした。

クロはなにもかもお見通しなのか、腕を組んで余裕そう。

「なあ奏太、お前にはなぜ俺たちがここに来たのか、心当たりがあるだろう？」

「な……」

「じゃあ聞こうか。吉田志穂の名前に心当たりは？」

その言葉に奏太さんはあからさまに動揺をしたかと思うと、口をギュッと結んでしゃべらなくなってしまった。

沈黙のなか、クロが続ける。

「お前のせいじゃない。だけど、あの子を自由にしてあげられるのもお前だけなんだよ」

「え……。まさか、あの子はまだあの場所に？」

静かにうなずくクロ。状況がまるでわからない。

どうして奏太さんは私が見えているの？　なんで普通にクロと話をしているの？

「そっか……」

奏太さんはがっくりと膝をついた。

まるでサスペンスドラマでトリックを言い当てられた犯人みたいに見えた。

あんなに晴れていたのに、畳屋を出るころに空を覆いだした厚い雲は、その色を濃くし、学校へ戻ったときには小雨が降りだしていた。

霧のような雨が、髪に、肩に落ちてくる。

志穂さんはまた木と話でもするかのように、細くて白い手のひらを幹に当てていた。離れていてもわかるくらい、顔がまだ青白い。

桜の木がひとしきり大きく葉を揺らすと、ピンク色の花が音もなく舞い降りた。

クロが私の肩をつかんだので足を止めた。わかってる、と小さくうなずく。

ここからは、私は見ていることしかできない。

私の横を通り過ぎるとき、

「ありがとう」

奏太さんは小さな声でそう言ってくれた。

やがて、志穂さんが足音に気づく。ずっと待っていた、ずっと聞きたかった足音に。

「え……嘘……」

振り向いた彼女の顔がぱあっと明るくなったかと思うと、次の瞬間には涙にゆがんでいる。

不思議だった。ふたりともその場にたたずみ、お互いを静かに見つめている。

すぐうしろにいるシロが、

「ね……ふたりとも光っていない」

違和感の正体を教えてくれた。そうだ、未練解消のはずなのに光っていない。

「いいんだよ、光らなくて正解だ」

そっけなくクロが言った。

「もう未練解消の期間を過ぎてしまったから？」

私の問いにクロはうなずく。

「それもあるが、理由はほかにもある」

奏太が「あの、さ」と己を奮い立たせるように大きな声で言った。

「全然来られなくてごめん……」

「ううん。大丈夫、だよ」

やさしくほほ笑む志穂さん。あいまいに首を振り、奏太さんは地面に視線を落とした。

　志穂さんは涙をこぼしながら、なんとか笑おうとしているみたい。だけど、やっぱり笑えなくて必死で歯を食いしばっている。

「奏太さん。あの、ね……言わなくちゃいけないことがあるの」

「……うん」

　奏太さんはギュッと目を閉じてから息を吐いた。

「私……死んじゃったの。だから、会えなかったのは私のせいだったの。未練解消をしなくちゃいけなかったのに、どうしてもできなかった。だって奏太さんに会えば、あっちの世界に連れていかれるからっ」

　じっと耐えるように奏太さんは目を閉じている。そうだよね、好きだった人が亡くなったんだもんね……。その痛みや悲しみはどれくらいなのだろう。

　未練の解消ができなかった志穂さんを責めることなんてできない。残した人、残された人はそれぞれに想像もつかないほどの悲しみを抱いてしまうから。

　息ができないほど胸が苦しかった。

「未練解消をしていれば、こんな姿にならなかったのに。とっくにこの世界から消えられたのに！」

　泣き叫ぶ志穂さんに、

「違うんだよ」

奏太さんが口にした言葉はやわらかく耳に届いた。

そのときになって、私は気づいた。

「あれ……。奏太さんは私だけじゃなく、志穂さんの姿も見えるの？」

「そういうことだ」

クロが静かな声で言った。

奏太さんは軽く首を振ってから、意を決したように顔をあげた。

「俺のせいなんだ。志穂さんがこの世に居続けるのは、俺のせいなんだよ」

「違う。私が、私がっ」

両手で顔を覆って泣く志穂さんに、奏太さんは「違う」とまた言った。

ひどく重い声に聞こえた。

「俺が君を見つけたのは、春の日だった。桜も散らす雨の夕方に、君はぼんやり光っていた」

「光って……？」

志穂さんが小さく口を開いた。

「遠くからでもその光はよく見えた。まるで光に吸い寄せられるように、僕は君と出《で》逢《あ》ったんだ」

「待って……」

思い出したのか、何度も首を横に振りながら志穂さんは涙をこぼした。

「はじめて会ったとき、君はもう亡くなったあとだったんだよ」

「なっ……」

志穂さんの体が軽く揺れた。

私も「嘘でしょ……」と思わず声に出していた。

首をゆるゆると横に振り、志穂さんは木にもたれかかってあえいでいる。

「聞いてほしい」と奏太さんが言った。

「昔から霊になった人が見えるんだ。あの日も、学校の帰り道、桜の木が光っていた。きっと、霊がなにかやっているんだろうなと見に来た。そうしたら、蛍《ほたる》のように光る君が、美しい桜を背負って立っていたんだ」

「やめて……もう言わないで」

「雨に濡れて泣く君がかわいそうで、思わず自分の傘を渡してしまった」

「やめて！」

両手を頭で押さえ、その場にうずくまる志穂さんに、奏太さんは「ごめん」とつぶやいた。

サーッと雨の音が強くなり、残り少ない花にその雫を打ちつけている。

やがて、ゆっくりと顔をあげた志穂さんの体からは黒い炎が燃えていた。

「……どうして」

ささやくような声は低く、目は赤く光っていた。

恐怖はなかった。むしろ泣きたい気持ばかりがこみあがってくる。

普段は泣けないのに、どうしてこんなときに……。ぐっとこらえていると、志穂さんがゆらりと一歩前に出るのが見えた。

彼女の悲しみや怒りが黒い炎になり、どんどん大きくなっている。

「どうしてそんなことを言うの？　私は一年生の春にあなたに会った。死んでしまったのは三年生だったはず。奏太さん、どうして嘘をつくの？　そんなに私のことが嫌いになったの？」

「君は、入学式の日に亡くなったんだよ。亡くなって数日後の雨の夕方、桜の木の下で泣いているのを見つけたんだ」

「嘘！　そんなの嘘っ！」

咆哮《ほうこう》のような声に、すごい勢いで桜の枝と葉が揺れた。一気に桜雨が降り注いでくる。

奏太さんが志穂さんに歩みを進めた。

「危ない！」

駆け出そうとするシロが、派手に転んだ。

クロが足をかけたらしく、

「余計なことはするな」

と、肩をすくめた。

このまま見てろってこと……？

「俺が君に傘を渡してしまったから、俺が君に会いたくなってしまったから……」

「なぜ、ああなぜ？　意味がわからない。わからないの」

「好きだった。志穂さんのことを好きになってしまったんだ」

はっきりと口にしたあと、奏太さんは志穂さんの細い両手を握った。

「もうこの世にはいないと知っていたのに、好きになる気持ちが抑えられなかった。雨の日にだけ現れる君のことばかり考え、毎日雨が降るように祈っていたんだ」

気づくと志穂さんの体から出ている黒い炎は、雨に負けるように弱くなっていた。

「……私が霊だと知ってて傘を？」

「好きになった人に泣いてほしくなかった。だけど、それが君をこの世に縛りつけてしまったんだね」

ザーッという音は、桜の花びらのせいか雨のせいか。言葉をかみしめるようにうつむいていた志穂さんがゆっくりと顔をあげた。

「私も、だよ」

その声はやわらかく、口元には笑みが浮かんでいた。さっきまでの悲しみや怒りはもうそこになかった。

「私も雨の日を待っていた。ずっと好きだったの。幸せだったの」

「でも、間違いだった。君にちゃんと成仏してほしかった。だから、会わないように決めたんだ」

奏太さんの瞳から涙がこぼれるのが見えた。志穂さんは洟をすって、だけどまだほほ笑んでいた。

「奏太さんはやさしい人。だから私、後悔してないよ。永遠にこの場所にいても、幸せなの」

嘘じゃない、と思った。泣き虫だった志穂さんは、すべてを受け入れている。

「それは俺が困る」

ザッと砂埃《すなぼこり》を立てたクロがふたりに近寄った。

「案内人さん……」

志穂の声に奏太が目を丸くした。

「案内人って？」

「あっちの世界に連れていってくれる人。私に早く未練解消をしろって言ってたのに、

私はできなかった。ああ、そうだ。私の本当の未練って……なんだったのだろう
逡巡《しゅんじゅん》するように雨を見る志穂さんに、クロがふんと鼻を鳴らした。

「やっぱり忘れてたか。お前の未練は『笑い虫になる』だ」

クロの言葉に、

「笑い虫？　それってどういう意味？」

私も会話に加わった。

志穂さんが「ああ」と小さく笑う。

「ずっと泣き虫だって言われてたから。いつか、泣き虫じゃなくて笑い虫になりたいって思ってたの。それが最後の瞬間の願いなんて、最悪だよね。だってあんな状況で笑えるはずが……ない」

奏太との出会いをきっかけに、自分のなかの未練を彼に置き換えていたんだ。

「ねえクロ、なんとかならないの？」

スーツの肘を引っ張ると、

「ならん」

あからさまに嫌な顔をするクロ。

「でも、地縛霊になるところをクロが助けてあげてたんでしょう？」

「知らん」

プイと横を向くクロに、志穂さんがゆっくりうなずいた。

「案内人さんはやさしい人。私の邪気をたまに吸い取ってくれていたんです」

「お前は余計なことを……」

くわっと歯を見せたクロが、あきらめたように腰に手を当てた。

「そういうルールがあるんだよ。願ってもかなわない未練の場合は、あっちの世界に無条件で連れていくっていうルールがな。でも、こいつはそれを拒否した。挙句の果てに、生きている人間に恋をしてしまったんだよ」

「邪気を吸い取ってあげるなんて、クロって案外やさしいんだね」

からかう私に、クロは苦虫をかみつぶしたような顔をしている。

「まあ、そういうことだ。どうする？　もう、思い残すことはないだろ？」

クロの声に、志穂さんは奏太さんを見つめた。そして、大きくうなずく。

「行きます。なんだか今なら、本当に笑い虫になれそうな気がするから」

言うそばから、やっぱり涙が瞳にあふれている。奏太さんは両手を伸ばし、志穂さんの体を包むように抱いた。

「いいんだよ。泣きたいときには泣けばいい。俺はそういう志穂さんが好きだった。そのままでいいんだよ」

「ありがとう、ありがとう」

「それに俺はちょっと満足なんだ」

そっと体を放すと奏太さんの顔は真っ赤になっていた。

「ずっと君に触れたいと思ってた。だけど、君の体はすり抜けてしまうだろ？　今、こうして触れられたことがなによりうれしい」

「私も、私も……」

笑いながら泣いている志穂さんを、美しいと思った。

志穂さんと奏太さんの体から金色の光が燃えるように生まれた。それは、永い未練が解消されたことを祝福しているように見えた。

「奏太さん、ありがとう」

「俺がそっちの世界に行ったなら、きっと会おう。出逢いからやり直して、今度こそ幸せになろう」

「うん。うん……」

必死で涙をこらえながら、志穂さんは木に立てかけてあった傘を手にした。

「これ、ありがとう」

「ああ……」

傘を受け取る奏太さんの顔はもう涙でぐちゃぐちゃになっている。

だけど、志穂さんは力強く笑っている。これからの奏太さんを勇気づけるように、強く、強く。

クロが右手を上にあげると、手のひらに青色の光の玉がおりてきた。

「感動の別れのところ悪いが、そろそろ時間だ」

クロって、なんていうかデリカシーがない。

けれど傘を受け取った奏太さんも、志穂さんも晴れやかな笑みを浮かべている。

ふたりを包む金色の光が弱まるとともに、クロの手のなかにある青い光は大きくなった。

「さようなら、奏太さん」

「また会おう、志穂さん」

閃光《せんこう》が激しく走り顔をそむけた。

ゆっくり目を開くと、志穂さんとクロの姿はもうなかった。

傘を両手に持ったまま奏太さんは今日覚めたかのように瞬きをくり返している。

「奏太さん、大丈夫ですか？」

声をかけるけれど、彼はじっと傘を見つめたまま。

「七海ちゃん、もう奏太さんから姿が見えなくなっているみたい」

シロが奏太さんの前で手を振って合図を送っている。

「え、彼は霊感があるんでしょう？　ね？」

声をかけても奏太さんは聞こえていないのか、ゆっくりと桜の木を見あげた。

いつの間にか雨はあがっていて、春の日差しが草木をキラキラ光らせている。

「クロさんが霊感まで取っていったのかもね」

シロの言うことはあながち間違いではない気がした。

奏太さんはもう葉桜になった木を愛おしそうに眺め、つーっと涙をこぼした。

「あれ、なんで泣いてるんだ」

自嘲《じちょう》気味に笑い、去っていく背中を見送った。

未練解消のときの記憶は消えてしまう、と言ってたっけ……。

もう会えない志穂さんのことを想い続けるより、奏太さんには彼らしく生きてほしい。いつか、彼の命が終わったときに、もう一度志穂さんのことを思い出すのだろう。

「奏太さん、がんばってね！」

声をかける。奏太さんの生きていく道が幸せになりますように。そして、いつかまた志穂さんに会えますように。

「でも、よかった。志穂さんがきちんと未練解消ができて」

ホッとする私に、シロが「うん」とうなずく。

「次は七海ちゃんが未練解消をする番だね」

「そうだね」

うなずきながらも、果たして自分にできるのかと不安になる。

志穂さんの悲しみと勇気を知り、自分もがんばろうと思えた。だけど、未練の内容を知ることが怖いと思う私がいる。

私はきっと、泣き虫でも笑い虫でもなく、弱虫なんだ。

第三章　足音さえ消えていく

さっきから私はシロを無視し続けている。

あからさまな態度で体ごとそっぽを向いているというのに、それに気づかないのか、シロは一生懸命という言葉がぴったりなほど説得をしてくる。

「七海ちゃんの気持ちはわかるよ。でも、クロさんがそうしろって言うから仕方ないんだよ」

聞く耳なんて持つものか。なによ、クロ、クロってそればかり。

ため息をつき、見慣れぬ部屋を見回した。大きな窓と、間隔を開けて置かれたふたつのベッド。さわらずともわかる固すぎるシーツは白い無地。あとは、机と棚があるだけ。

ううん、部屋なんかじゃない。ここは、校舎の一階にある保健室なのだから。

何度考えてもやっぱり納得ができない。このまま黙っていたら、強制的にここにいさせられるかも。

すう、と息を吸うとシロが口を閉じた。

「なんでここにいなくちゃいけないの？　寝るなら家のベッドのほうがいい。ほかの人たちが寝たベッドなんて使いたくない」

「そう言いながら、もう何日も寝こんでいたよね？」

鋭いところをついてくるシロをギロッとにらむ。

「仕方ないでしょ。志穂さんと別れたあと、急に倒れちゃったんだから」

またしてもふたりがかりで運ばれたらしい。だけど、保健室が拠点になるなんて聞いていない。

「霊力っていうのがあってね。七海ちゃんはまだ慣れていないから、すぐに消費してしまうみたい」

「もう治ったから帰りたい。ね、クロもいないし今だけならいいでしょ？」

けれどシロはふわふわの髪を横に揺らす。残念そうに眉じりを下げ、悲しい目をしている。

「未練解消にはすごく霊力を使うから、学校内に未練があるかどうかがわかるまではここを拠点にしたほうがいいんだって。それに、倒れてもここなら安心だしね。クロさんの言う通りにしたほうがいいと思う」

信じ切っているような純粋な目がまぶしい。

「シロって、まるでクロの犬みたい」

「犬？」

意味がわからない、と首をかしげるところまでそっくり。

「クロの言うことはなんでも聞くって感じ。上司なら仕方ないけどね。でも、あの無愛想な人が自分の上司だったらって、考えるだけでゾッとしちゃう」

ようやく理解したのか、あははとシロは丸く笑った。

「たしかにおっかないところはあるけどさ、ああ見えてやさしいところもあるんだよ」

「感情なんて捨てた、って豪語してたのに？　あー、もうどうでもいいから家に帰りたいよ」

丸椅子に腰をおろすと、ギイとすごい音で悲鳴をあげた。

「まあまあ。とにかく学校内に未練がなければ、また別の場所に移動するわけだしさ」

時計を見ると朝の七時を過ぎたところ。

「ね、私ってどれくらい寝こんでいたの？」

「たしか……七日間かな」

「え！　そんなに⁉」

寝ては醒《さ》めてをくり返していた記憶はあったけれど、まさか一週間も経っていたなんて……。

しゅんとする私に、シロが目の前でしゃがんで見あげてくる。

「とりあえず、作戦を立てようよ」

「作戦？」

「どういうふうに校内を回って、もし光った相手がいたら、どこでその人と話をするのかってこと」

未練解消の相手が光れば、私の姿がその人には見えるようになる。話しかける場合は、人目のつかない場所を選ばないといけないんだっけ……。

私は志穂さんのように未練にちゃんと向き合えるのかな。今のところ、そんな自信はどこを探しても見つかりそうにない。人のことならいくらでも励ませるのに、自分のことになるとてんでダメなのは昔から変わらない。

友達の失恋を励ましたりしたことがなつかしいな。そう思った瞬間、またなにかの記憶がよみがえった気がした。

なんだろう……。心の目をこらしても、もうなにも見えない。

なにを私は忘れているんだろう？

「ちょっと顔を洗ってきていい？」

「うん。ついてくよ」

当たり前のように立ちあがったシロに顔をしかめる。

「なんでついてくるのよ。女子が身だしなみを整えるときは素知らぬ顔をするのが礼儀だよ。ここで待ってて」

ハウス、と命令された犬みたいにシロは大人しく私が座っていた丸椅子に腰をおろした。

保健室を出ると、朝練のためかちらほら生徒の姿が見える。

私はトイレを通り過ぎ、角を曲がると、昇降口を出たところでダッシュ。そこから家に向かって一気に走る。

シロが追いかけてこないのを確認して、登校してくる生徒をすり抜けて走った。

やっぱり逃げてばっかりだね、私。

家に着くと玄関のドアは鍵が閉まっているらしく開かない。

一週間も寝こんでいたなら、私のお葬式も終わっちゃったんだろうな。きっと、お父さんとお母さんは、悲しみを抱えながらも日常に戻っているのだろう。

いつまでも悲しんでほしくないからよろこぶべきなんだろうけれど、それはそれでさみしいな……。

手のひらをドアに当て、『すり抜けろ』と命じてみた。すると、まるでゼリーのなかに手を入れるようにすんなり吸いこまれた。そのまま前に進むと、ずぶずぶと体が入っていく。

「うわ……」

ぬらりとした感触に、体中に鳥肌が立つようで気持ちが悪い。

なんとか家のなかに入り、

「お父さん、お母さん！」

と一応呼びかけた。けれど、家のなかには誰の姿もない。

もしいたとしても、私の姿は見えないんだ。私はもう二度と、ふたりと話をすることができない。

「ああ……」

わかっていたのに、できないとわかると余計に話がしたくなってしまう。

ぐったりとソファに体を預け、家のなかを見渡した。

お父さんの希望で最近買いかえた大型テレビ、ブルーのカーテンはお母さんの好み。

壁には同じカレンダーがみっつかけてあり、そこに各自が予定を記入することになっている。

なにもかも、ぜんぶが過去のことなんだ……。

時間は私だけを置き去りにして進んでしまったんだ。

取り残された私は、ひとり、本当に死ぬための準備をしている。

そっか、クロが前に言っていたよね。生きている間に、なんでもっと気持ちを言葉にしなかったんだ、って。

今になって思う。もっと言えばよかった。もっとそばにいればよかった。

自分に不都合な真実には目をつむり、見たい景色だけを眺めていた気がする。

「今さら気づいても遅すぎるよ……」

急に寒気が背筋を這《は》いあがったかと思うと、口から白い息が漏れた。感情が不安定になると寒さを感じるみたい。

こういう感情になるから、クロは家にいさせたくなかったのかもしれない。なにか気持ちがあがることはないか……。

そうだ、と立ちあがった。

ハチだけは私のことが見られるんだった。ハチに慰めてもらおう。

窓を開け、シャッターをもどかしく開けるけれど、

「……ハチ?」

犬小屋の前でハチは横たわっていた。

「ハチ、寝ているの?」

こちらに背を向けて微動だにしない。胸のあたりを見ても上下していない。近づいても目は静かに閉じたまま。口が半開きになって、舌がだらんと垂れ下がっている。

「嘘、嘘でしょう!?」

ハチの体を揺さぶろうとしたときだった、肩に手が置かれた。

振り返ると、クロが怖い顔をして立っていた。

「お前、なにやってんだ?」

「あ……」

「未練解消はどうした？　起きられるようになったのなら、なんで学校で未練解消の相手を探していないんだよ」

言っていることはもっともだ。だけど、今はそれどころじゃない。

「違うの。違うの!?」

叫びながらハチを見ると、彼はちょこんとお座りをしていた。尻尾がメトロノームみたいにチクタク。

「ハチ、ああよかった……」

抱きしめるとあたたかい。寝てただけだったんだ……。

「感情が不安定になっているみたいだな」

「そんなこと……ないよ」

言葉にするそばからわかる。そんなことある。

また文句を言われるかと思ったけれど、クロは空を読むようにあごをあげて目を細めた。

「みんなそうだ」

「みんな？」

「お前くらいの女子は、家に戻れば不安定になる。親に会えたならなおさら苦しくなるだろう。俺にはなんにもしてやれない。ただ、泣くのを見ているだけだ」

どこかさみしげに聞こえた気がした。

「クロが担当した人で、そういう子がいたの？」

「たいていの人間は、自分が死んだことを理解するとすぐに未練解消をしだす。けれど、高校生ってのはなにかと理由をつけて逃げがちだ。さらに、両親が未練解消の相手でないことも多い。外の世界にばかり興味を持つ年ごろなんだろうな」

心当たりがないわけじゃない。死んでしまってからいくら会いたいと願っても、もう遅いんだ……。

「そういう子も、最後は未練解消ができたの？」

「ああ、なんとかな」

そこでクロは思い出したように「あ」と言った。

「そいつらも俺のことをクロって呼んでいたっけ」

「じゃあ、間違いじゃなかったんだ」

「迷惑な話だけどな」

ちっとも迷惑じゃなさそうにクロは薄くほほ笑んでいる。

なんだか少し、またクロに気持ちを落ち着かせてもらったみたい。

ハチの頭をもう一度なでてから、立ちあがる。

「ごめんね。ちゃんと未練解消するから」

「当たり前だ。ほら、行くぞ」

プイと出ていく背中に「はーい」と答えた。

もう口から白い息はこぼれていなかった。

通りへ出ると、学校までの道を歩く。すでに通勤や通学の人もおらず、春の陽気のなか、主婦たちが道端でゲラゲラ笑っている。

学校までの道はちゃんと思い出せている。くり返すうちに、記憶が徐々に呼び覚まされているような感覚だった。

「で」

横を歩くクロが目だけをこっちへ向けた。

「学校での未練の相手は思い出せたのか？」

「まだなんだよね。一度、教室に行ったっきりだし、ぼやんとみんなの顔が浮かぶ程度だった」

「行けばわかるさ」

なんでもないことのように言うクロに、

「うん」

とうなずいて歩く。

「この町でも、毎日何人もの人が亡くなるって言ってたよね？　それってクロは事前にわかるの？」

「まあな」

ポケットから手を出し、クロが右のほうを指さした。

「午前中は、十時九分にあそこの家でひとり。十時三十六分に駅前の交差点でひとり、十一時三分に総合病院でひとり。十一時二十三分に五丁目でひとりってところだ」

「午前だけでそんなに？　その情報をすべて覚えているんだ？」

「勝手に頭に入ってくるんだよ。これにほかの動物も加わるから毎日大忙しだ」

亡くなった人に、未練解消のことを伝える仕事か……。私にはできない仕事だな。悲しんでいる人にどんな声をかけてあげればいいかなんて、きっと一生わからないだろうし。

って、もう私の一生は終わってるのか。

「私がんばるから、クロはもう次の仕事に行っていいよ」

親切心で言ったのに、クロは口をへの字に曲げて不満を示した。

「また逃げられたら困るから遠慮しておく」

「逃げないって約束する。それに、シロもいるし」

「シロ？」

きょとんとしたクロだったけれど、すぐに「ああ」とうなずく。

「あいつはただの新人だ。なんの役にも立たない」

「そんなことないよ。すごくがんばっているんだから」

「でも使えない。すぐに泣く案内人なんて、プロとは言えないからな」

先輩としての厳しい評価だ。このことはシロには内緒にしておこう。

学校へ続く角を曲がると同時にうしろからバタバタと足音が聞こえてきた。

振り向くと、

「ああ、よかった！　七海ちゃん、よかったよぉ」

当のシロが焦った様子で駆けてくるところだった。その瞳には、やっぱり涙が浮かんでいた。


授業中の廊下を歩くのは背徳感がある。

しんとした廊下には足音がいつもより大きく響き、教室からは先生の声と、たまに生徒の笑い声が漏れている。遅刻してきたときのように、息を潜めて歩いてしまう。

二年一組の教室が見えてくると同時に足が勝手に止まってしまった。

「大丈夫？」

心配そうに声をかけてくるシロにうなずく。

七日間も寝ていたんだし、これ以上迷惑をかけるわけにはいかない。未練解消ができなかったら、新人であるシロの評価はきっと下がるだろうし。

「新人、あとは任せた」

壁にもたれたクロがそう言った。

「え、僕だけですか？」

「俺は忙しい」

冷たく言ってから「いいな？」とクロは私に尋ねた。

「十時九分になるからね」

「そういうことだ」

私たちの会話にシロは眉をひそめている。

「くれぐれも教室でパニックを起こさせるなよ。体の光った人間を見つけたら、ふたりきりになれる場所までうまくおびき出す。そして、捕まえる」

「捕まえる、って虫じゃないんだから」

あいかわらずの言いかたにツッコミを入れていた。いつもの自分に戻れた気がして、少し笑う。

クロが右手を軽くあげると、彼の体は白い煙で包まれた。

「期待している」

その言葉だけを残し、クロの姿は見えなくなってしまった。

出現するときも去るときも、あっさりだ。

「すごいね、シロもあいうことできるの？」

「無理無理！　走って移動することしかできないよ」

案内人といってもいろいろなんだな。

教室の扉まで行き、ガラス戸越しになかを眺めた。

「あ……」

一瞬で記憶がぶわっと脳裏に流れこんでくるのを感じ、思わず声を出してしまった。

教壇に立ち、教科書を読んでいるのは、国語の先生だ。その前で眠そうにあごに手を置いているのは、一年生のときも同じクラスだった河田《かわだ》くん。うしろはクラス委員の南《みなみ》さん。

どうして忘れていたのだろう、というほど一気によみがえる記憶に鼻の奥がツンとした。涙なんてずいぶん出ていないというのに、やっぱり感情のバランスがおかしくなっているみたい。

「どう、なにか思い出せそう？」

誰にも聞こえないのに小声で尋ねるシロにうなずきながら、視線は窓側の席へと向かう。私の席はまだ残されていて、当たり前だけど誰も座っていない。そのひとつ前の席で、教科書をじっと見つめている女子がいた。

「愛梨《あいり》……」

「あいり？」

「城田《しろた》愛梨……。なんで、忘れてたんだろう」

ショートカットがトレードマークで、小柄で、だけど食べるのが大好きで、いつだって笑っていた愛梨。

『ほら、また食べこぼしてる』

『七海といると笑ってばっかりだから、顔にシワができちゃいそう』

彼女の甘い声が耳に届いた気がした。

中学からの大事な友達なのに、どうして忘れちゃっていたの？

扉に手を当て、なかに入ろうとする私の腕をシロがつかんだ。

「今行くのはまずいよ」

わかっている。だけど、どうしても愛梨に会いたいんだよ。

けれど、シロはさらに腕に力をこめてくる。

「愛梨ちゃん、光ってる」

「え……」

見ると、愛梨の体の回りがキラキラと光っていた。

「愛梨が未練解消の相手なんだ……」

だとしたら、愛梨には私の姿が見えるってことだ。もし今見つかったら、パニックは避けられないだろう。

廊下に戻り、大きくため息をつく。なんだろう、ひどく疲れている。

「私の体も光るのかな？」

「それはわからない。だけど、愛梨ちゃんが未練のひとつであることはたしかなことだよ」

真剣な顔で言うシロ。

もう一度愛梨を見た。午前の光に負けないくらい輝く体に、また涙がこみあがってくる。

このまま泣けるかも、と思ったけれど、すんでのところで涙は引っこんでしまった。

「これからどうすればいい？」

「うーん。ひとりになるときってないの？」

「休憩時間とか？　昼休みなら四十五分あるけど」

「それじゃあ足りない可能性もあるよね。夕方、帰る時間まで待ってみる？」

「うん」

すぐに同意したのは、どんどん重くなる体のせい。未練解消にはそうとう体力が必要なんだろうな……。

保健室に戻りながら、ずっと愛梨のことばかりを考えていた。

中学一年生で知り合った愛梨とは、家が近いのもあっていつも一緒だった。推しは違えど好きなアイドルが同じグループだったし、毎日メッセージをやりとりしていた。昔は同じ髪型でそろえ、『双子みたい』と友達にからかわれて、それがうれしかった。

そんな私たちが同じ高校に行くことは、当然の選択だったんだ。

「愛梨ともう一度話をしたい、っていう未練なのかな」

「きっとそうだよ」

未練の相手が見つかってすっかり安心したらしく、シロはのんきに答えている。

やっと思い出せたのに、会うことは私たちにとっての別れを意味している。

「なんか、つらいな……」

別れるために再会するなんて、そんなの苦しすぎる。

だけど、逃げちゃいけない。

志穂さんだってちゃんと自分の気持ちを伝えられたんだし、それが生きていく人にとって大切なことも知った。

すり抜ける元気もなく、保健室の扉を開けると保健の先生がいた。保健指導でたまに会うくらいで、ほとんど会話らしい会話はしたことがない中年の女性だ。今は、うつらうつらと居眠りなんかしている。

「げ」

ベッドは満床だった。マスクをした女子と、カーテンを隔てた隣ではスマホを眺めている男子が横になっている。

シロも気づいたらしく「あらあら」なんて言ってから、

「でも大丈夫」

とにっこり笑う。

「なにが大丈夫なの？」

「だって七海ちゃんは死んでいるから、人には触れられないでしょう？　重なって寝ちゃえばいいんだよ」

さらりと傷つくことを言ってくるし。それに、重なって寝るなんて絶対に無理！

「床で寝るからいい」

ベッドの下にもぐると、窓からの光でうっすらたまった埃が目に入った。でも、とにかく横になりたかった。

「じゃあ僕も」

てっきり反対されると思ったのに、シロも隣のベッドの下にもぐりこんだ。

なんなの私たち。

横になったとたんじわりと眠気が忍び寄ってきた。シロの声に目を閉じた。

「七海ちゃん」

「僕思うんだけど、記憶をなくしてしまうのは仕方ないんだよ」

「ハチのことはちゃんと覚えていたよ」

さっき一緒にいたのに、もうハチが恋しい。やっぱり本当の未練はハチなんじゃないかな。でも、散歩もしたしな……。

「愛梨ちゃんに会えば、きっと未練の内容も思い出せるよ」

「……うん」

「僕はそばにいるからね」

ありがとう、と答える前に意識が遠ざかっていく。

本当に消えてしまうときも、こんなにあっけないのなら少しさみしいな……。

地面が揺れている。

横に縦に前後に……違う、私の体が勝手に動いているんだ。

これは……地震!?

深い眠りから無理やり引きずり出されるように目を開けると、

「七海ぢゃん！　起ぎだ！　グロさん起ぎだよぉ！」

滝かと思うほどの涙を流したシロの顔がアップで映った。

「ひゃあ、近い！」

叫ぶ私を、シロは強引に抱き起こしてくる。体中が痛い。

「あれ……？」

窓の外が燃えている。地震じゃなく火事だったのかと思ったけれど、すぐに夕焼けの朱色だと脳が認識した。

「ほんと、よかった。このまま目覚めないかと思ったよぉ」

白服の袖で涙を拭《ぬぐ》うシロを見ているうちに、頭が少しずつ目覚めていくのがわかった。

いつの間にか深く眠っていたみたい。にしても、シロは少しオーバーだ。

「ちょっと寝てただけじゃん。もう起きなきゃね」

よいしょ、と床に手をつくけれど、そのままペタンと倒れてしまった。軟体動物になったみたいに力が入らない。

倒れた床の先に、黒い靴が見えた。

「げ、クロ……」

「寝ぼすけ。よくこんなところで眠れたもんだな」

顔をあげると、照明を背にしたクロはまるで影絵みたいに見えた。

「そんな言いかたないでしょう。教室がパニックにならないように時間調整していたんだから。ね?」

シロに同意を求めるけれど、彼はまだ感動の真っ最中らしく「ううう」と泣いている。

なんとか起きあがり、ベッドに腰をおろすと、ようやくクロの顔がちゃんと見えた。あれ、ひょっとして怒っている?

「時間がない。すぐに未練解消をしろ」

「わかってるって」

不機嫌という感情には感染力がある。寝起きから嫌な言いかたをされるとさすがにおもしろくない。

ようやく涙が収まったのか、シロが「すぐにやりましょう」とクロに同意を示した。

時計を見ると午後五時を過ぎたところ。ちょっと寝すぎたとは思うけれど、最悪の場合、愛梨の家まで行けばいいだけの話。

立ちあがると、まだふらふらと不安定に体が揺れた。でも、さっきまでの眠気や疲れはすっかり解消したみたい。

「すっきりしたー」

空気を和まそうと口にすると、クロがバカにしたように笑った。

「そりゃ、三日間も寝てたらそうなるな」

「は？　三日？」

なにそれ、と言いかけて口を閉じる。それは壁にかかっている日めくりカレンダーが四月二十三日を表示していたから。

「嘘……。私、そんなに寝てたの？」

「いびきかいて寝てたぞ」

バカにしたように言ってから、クロは首をかしげた。

「未練解消をする人間には体力がない。が、お前ほどないやつは久しぶりだ」

「三日も……」

まだショックから立ち直れない。クロが未練解消を急がせたのもわかる気がする。ちょっと行動しては眠ってしまうなんて、これじゃあ永遠にゴールにたどり着けないすごろくみたいなものだ。

もう一度カレンダーを見て気づく。明日は土曜日だ。

「すぐにやるから」

立ちあがるとさっきよりも体は安定を取り戻している。愛梨の家に急ごうとする私の肩をクロがつかんだ。

「城田愛梨は、まだ学校にいる。なんとか、っていう委員会の仕事をしている」

「環境整備委員会」

勝手に口がそう話し、彼女が備品をチェックしている姿が思い出された。

なつかしい……。ああ、会いたくてたまらない。

廊下に出ると、不思議と気持ちが落ち着いているのがわかった。

校舎の階段をのぼり、教室へ。

最後に残っていたクラスメイトたちが、うしろの扉からにぎやかに帰っていくところだった。

「うわあ」

シロがうれしそうに窓辺に駆け寄った。

「すごい夕焼け！　きれいだね」

「うん」

自分の席に座ってみた。今でもまだ私の机なのかな……？　机のなかを見ようとして、やめた。これ以上心が疲れることはしたくなかった。

生真面目な愛梨が委員会の仕事をしている日は、ここで終わるのを待つことがあった。夕焼けの美しさも知らずに、私はスマホのゲームばかりしていたっけ。

先生みたいに教壇に立ったクロが、

「準備はいいか？」

と聞くのでうなずいた。

「でも、愛梨と話をしている間に誰か入ってこないかな」

「いざとなればごまかせばいい。今は未練解消に集中しろ」

そっけない言葉でも、今は反論する余裕なんてない。

愛梨に会いたい。それだけだった。

窓に両手を当てたまま、シロが「ねえねぇ」と無邪気な笑顔で私を見た。

「愛梨ちゃんてどんな子なの？」

「中学のときからの友達。しっかり者でかわいいからクラスでも人気だよ」

「そうなんだー。ハチよりも仲がいいの？」

「ハチ……。ううん、ハチは姉弟みたいなものだし、また違う感じ。どっちとも仲良しだったよ」

へえ、とどんぐりみたいに目を丸くしたシロが、

「七海ちゃんも人気でしょ」

質問を重ねた。

「どうだろう？　私は楽しかったけどね」

愛梨には現在進行形、私には過去だった日々。

これからも毎日が続く愛梨と、あの日に終わった私。

ああ、胸のなかがモヤモヤしている。

嫌な感情が大きくならないように我慢していると、

「来たぞ」

クロが短く言った。

聞こえる。愛梨独特のパタンパタンとした足音が近づいてくる。

愛梨は驚くだろうな……。叫んで逃げてしまうかもしれない。

緊張するなか、ついに扉が開かれた。

ショートカットの髪を右手でさわりながら、愛梨が教室に入ってきた。体がほのかに金色に光っている。

「愛梨……」

つぶやく私に、愛梨はピタリと足を止めた。そして、私のほうをゆっくりと見た。

「え、七海……？」

口をぽかんと開けた愛梨が次に作った表情は、意外にも満面の笑みだった。

「えー、ほんとに、ほんとに!?」

叫びながら駆けてきたかと思うと、私の両手をガシッと握った。

「すごいサプライズ！　なにこれ。もう驚かせないでよ」

「あ……あの」

「もう元気になったんだね。すごくうれしい！」

体ぜんぶでうれしさを表現してから、愛梨はハッとしたように表情を止めた。そして、ゆるゆるとつないだ手を見おろす。

「あれ……なんで？」

ようやく現状を理解したのだろう、気弱になる声に私は「ごめん」と伝えた。

「私、死んじゃったみたいなんだ」

「え……やめてよ」

はは、と笑った愛梨だけど、すぐにキュッと口を閉じてしまう。

自分でもわかる。つないだ手に温度がなく、体の輪郭もなんだかぼやけているから。

「嘘だよね」

尋ねる愛梨は、きっとこれが本当のことだってわかっている。わかっていても受け入れたくないんだ。私も同じだよ。

「嘘じゃないの。愛梨、私……」

「だって、あたしたちまだ二年生になったばっかじゃん。それなのに、そんなのないよ」

うずくまりそうな愛梨を隣の席に座らせた。自分の椅子を近づけたとき、愛梨はもう大粒の涙を流していた。

「信じられないよ。これって夢なの？」

震える声と、潤んだ瞳で私に問いかける。

「だって、先生だって、すぐによくなるって言ってたよ。それなのに……どうして？」

「わからないの。そもそも、自分がなんで死んだかも思い出せない。愛梨はなにか聞いてる？」

「それは――」と言いかけた愛梨がなにかを思い出したようにサッとうつむいた。まるで禁句を口にしてしまったように、貝のごとく口を閉ざす。

「教えてほしいの。なんだか記憶がバラバラになっていて、うまく思い出せないんだよ」

「でも……。いいのかな？」

「本人が言ってるんだから許可します」

冗談めかして言うと、ようやく愛梨は視線を私に戻した。

「あたしたちは……事故に遭ったって聞いてる」

「事故……」

やっぱり、という思いがあった。病気でないなら、考えられるのは事故くらいだろう。そんなふうに漠然と想像していたから。

「でもね、そんなにひどい事故じゃなかったって聞いてる。クラスのみんなもそう信じていた。なのに……本当に？」

きっとまだ発表になっていないだけで、先生たちは知っているんだろうな。動揺させるといけないから、たぶん連休前とかに伝えるつもりなのかも。

「病院に行っても、家族以外は会えないって言われて……。だけど、あきらめられなくて何度も行った……。まさか、亡くなってたなんて、そんなの信じられないよぉ」

ボロボロと涙を流す愛梨の手を握るけれど、私は泣かない。

まるで実感がなかったし、今は悲しみの波にのまれてはいけないと思ったから。

「愛梨にね……さよならを言いたかったんだ」

「やだよ。そんなこと言わないでよ」

ぐちゃぐちゃに愛梨は顔を歪ませている。

いつの間に退出したのか、教室のなかにクロとシロの姿はなかった。同時に、自分の体から光が出ていないことを確認する。

愛梨も、私の本当の未練ではなかった、そういうこと？

「七海は、幽霊になって……あたしの前に来てくれたの？」

「幽霊ってことになるのかな。自分の未練を解消してからあっちの世界ってとこに連れていかれるんだって」

「嫌。そんなのないよ……あんまりだよぉ」

つないだ手が離れ、まるで子供みたいに愛梨は泣き声をあげた。

いつも笑っていて、明るくて元気な愛梨が、こんなふうに泣くなんて……。

愛梨はこの先、大丈夫なのかな？

そう考えたとたん、ぐっと喉元になにかがこみあがってきた。あ、と思ったときには、もう視界が潤んでいた。

ぽろりとこぼれた涙は、次々に頬を伝っていく。この悲しみが涙と一緒に流れてくれればいいのに、泣くほどに雪のように積もっていくみたい。

愛梨は私がいない世界を生きていけるの？

彼女を思えば、悲しみの涙は海になる。ざぶんと、私を海底へ沈めるよう。

未練は、願いに似ていると思った。私の願いは、愛梨がこれからも笑顔でいること。

「聞いて」

涙声をこらえて言うけれど、

「……嫌。聞きたくないよ」

愛梨は頑《かたく》なに首を横に振る。

「時間がないの。ちゃんと愛梨に伝えたい」

「………………」

嗚咽を漏らしてうつむく愛梨に、私は言う。

「愛梨はいつも明るくて、大好きだったよ」

「お別れみたいなこと言わないで」

鼻声の愛梨。私の顔もひどい状態になっているんだろうな。

「これから先も元気でいてね。私がいなくなっても、笑っていて。愛梨が笑っているなと私は幸せだから」


と私は幸せだから」

「笑えるわけないじゃん。無理だよぉ」

ああ、と声をあげて愛梨は泣いている。

ふいに愛梨の体から出ている金色の光が弱くなった。もうすぐ愛梨から私の姿は永遠に見えなくなるんだ。

だとしたら、私は……！

愛梨の頬をむんずと両手でつかみ、強引に私に向かせた。

「ふふ、ひどい顔」

「……そっちだって」

モゴモゴと答える愛梨に私は言う。

「愛梨、ありがとう。あなたが親友でよかった」

未練解消なんて、結局は苦しいだけだと思っていた。

でも、さよならを言える機会をもらえたのなら、ちゃんと伝えたい。

「苦しい……」

変な顔になっている愛梨を見て、私は泣きながら笑った。見ると、愛梨も少しだけほほ笑んでいる。

きっと、愛梨は大丈夫。

そう思ったとたん、また涙があふれてきた。ずっと泣けなかったせいか、一度泣きはじめるとまるでダムが崩壊したみたいに止まらない。

ああ、愛梨の体から光が消えかけている。もう、夕暮れのオレンジに負けそうなほどに弱く、はかない光になっていた。

手を離すと、愛梨はぶうと頬を膨らませた。

「ほんっと、七海はひどいんだから」

「いつか、また会えるよ」

それが本当かどうかはわからない。ただ、愛梨が笑顔になれることだけを願った。

「うん。そっか……なんだか少しだけすっきりした気がする」

まだ涙があふれているのに愛梨はそんなことを言う。手を握れば、すがるように力強く握り返してきた。

彼女のなかで、私の人生は今、終わりを告げようとしているんだ。

ふいに愛梨の視線が揺らいだかと思うと、

「え……」

戸惑うように私を見た。

きっと私の姿は見えなくなってきているんだろう。最後に笑わなくちゃ、笑顔でさようならをしなくちゃ。

だけど、ダメだった。悲しくて悔しくて、いろんな感情の涙があふれて笑えないよ。

「七海、七海っ！」

すぐそばにいるのに愛梨は視線をさまよわせて叫ぶ。同時に、つないだ両手が私の体をすり抜け、ぱたりと落ちた。

「嫌だよ。やっぱりこんなの嫌だよぉ」

体を丸めて泣く愛梨に、もう私の言葉は届かない。

最後に笑えばよかった。未練解消ができても、余計に違う未練が募るみたいな気分だ。

夕暮れは急速に夜へ色を変えていく。

しばらく泣いたあと、愛梨が急に「え！」と声を出して顔をあげた。

「なんであたし泣いてるの？」

ゴシゴシと制服の袖で涙を拭うと、愛梨は鞄を手に立ちあがる。そうして、もう私を振り返ることなく教室を出ていった。

足音さえ消えていく。

「さよなら、愛梨」

つぶやけば、また悲しみの波がざぶんと押し寄せてきた。

第四章　五月の朝に泣く

「明日から五月だな」

さっきからクロはこの言葉をくり返している。

保健室のベッドで、オレンジ色に染まる天井を見ている夕暮れ。下校する生徒たちはいつもより楽しげに騒いでいる。

そっか、今年はゴールデンウィークの連休が例年よりも早くはじまるんだっけ……。

ぼんやりした頭で考えていると、

「ああ、もう五月だなあ」

さっきよりも大きな声でクロが言った。さすがに私でもわかる。これは、イヤミだ。

「さっき目が覚めたばかりなんだから待ってよ」

天井に目をやったまま文句を言うと、

「んだよ」

ぶっきらぼうにクロはそばにあった丸椅子に腰をおろした。

愛梨との未練解消のあと、結局寝こんでしまった私。今回は五日間意識を失い、体力が戻るまでさらに数日かかっている。

「だいたいお前は体力がなさすぎるんだよ。こんなに寝てばっかりのやつは見たことがない」

不機嫌全開のクロ。シロは目覚めてからは姿を見ていない。

「でも、ちゃんと未練解消はしたよ」

愛梨のことを思えばすぐに視界が潤んでしまう。

私との再会の記憶がなくなったあと、愛梨は元気で過ごせているのかな……。

つーっとこぼれる涙をそのままに目を閉じた。

「こら、寝るな」

「寝てない。やっと泣けるようになったんだから、放っておいてよ」

掛け布団を眉毛まであげる。

ほんと、クロは失礼な人だ。感情がないから当たり前といえばそうだけど、少しは気を遣ってほしい。私だってはじめてのことだらけなんだからね。

「泣けるようになった？　お前、本気でそう思ってるのか？」

「は？」

ガバッと掛け布団をのけると、クロがいぶかしげな顔をしていた。

「どういうこと？　だって泣いてるじゃん、ほら」

目じりを指さす私に、クロは「ぶっ」と噴き出した。

「七海はおもしろいことを言う人間だな」

「え、どういうこと？」

「それは本当に泣いているとは言わん。お前は、泣くことの意味を間違えているんだよ」

いや、実際に泣いているし。

体を起こし、本格的に文句を言おうとする私をクロは右手を広げて制した。

「どうでもいい話は置いておき、仕事の話をする。ほかに未練解消の相手で思い浮かぶ人間はいないのか？」

——あ。

その言葉になにかの感情がくすぶった。

なにか思い出せそうな気がして、記憶をたどるけれど触れようと手を伸ばすそばから消えていく霞《かすみ》のよう。前も同じ感覚があったのに、やっぱりなにも浮かんでこない。

「……思い出せないよ」

「そっか」

ふん、と鼻を鳴らしたクロが立ちあがった。

「なら探しに行くしかないな」

「探すってどうやって？」

「そりゃこのあたりをウロウロと歩き回るしかない。歩いているうちに記憶が再形成されるだろうし、なんたって時間がないからな。ほら、行くぞ」

さっさと保健室を出ていくクロ。

立ちあがってみると、ふらつきもない。少しずつ体も慣れてきたってことかな。

鏡に姿を映すと、顔はむくんでいるし髪もボサボサ。ちょっとくらい待たせてもいいよね。

顔を洗いながらさっき思い出しかけた記憶をもう一度たぐってみる。

大切ななにかだということはわかっても、やっぱりなにも思い出せない。

それなのに、なぜか胸がドキドキと高鳴っている。

「もう、死んでるのにね」

つぶやけば、窓から忍びこむ夕焼けのオレンジさえ、悲しく思えた。

夕暮れは今日も終わりを告げようとしている。最後の抵抗のように、西の空だけがオレンジを残していた。

いぶかしげに私のうしろをついてくるクロ。

「なあ、こっちはお前の家があるところだろ？　何度も来たじゃないか」

鋭いクロに、

「ちょっと心当たりがあるんだ」

とごまかすと、渋々口を閉ざした。

すでにあたりは暗くなりかけている。

歩きながら、生きているときの未練を思い出そうと努力しているけれど、思い出せるのは両親とハチ、そして愛梨のことだけだった。

早く記憶が戻ればいい。そう思ったときに、一度家に帰ろうと考えたのだ。

もちろん、クロに言うと怒られるのは間違いない。さりげなく戻り、手がかりを探そう。

「ねえ、今日は忙しくないの？」

いつもみたいにシロにバトンタッチすればいいのに。

けれどクロは「ああ」とうなずく。

「新人が対応しているから今日はフリーだ」

げ……。

「シロがやってるの？」

「そんなところだ」

これはまずい展開だ。クロが家までついてきたなら、絶対にイヤミを言われるに決まっている。

「あのさ、私、ひとりでも大丈夫だから、シロの様子を見に行ってあげたら？」

「は？」

「たぶんひとりのほうがなにかと思い出せると思うし……」

そんな言い訳が通用するわけがなく、クロは足を速めると私の前に立ちふさがった。

「お前、なにをたくらんでいる？」

「なにもたくらんでないよ。ちょっとひとりで考えたいな、って思っただけだよ。だって記憶を戻す手伝いはしてくれないんでしょう？　だったら自分と向き合うのも悪くないかな、って」

嘘をつくときに饒舌《じょうぜつ》になるのは昔からの癖。どうかバレませんように……。

しばらく考えていたクロだったが、

「ふん、まあいい。あの新人じゃ心もとないのもたしかだからな。でも、ひとつだけ言っておく。家には戻るなよ」

う、と漏らしそうになる声をのみこみ、

「当たり前でしょ。近所に住む子のところに顔を出したいだけ。幼なじみの子がいてね、ひょっとしたら未練解消の相手かもしれないし」

とっさに思いついた言い訳をしてみる。疑うようにじっと私を見てくるクロ。

「ちょっと顔が近いって」

のけぞる私にクロは、いつものようにわざとらしくため息をついた。

ひょっとして嘘がバレている？

「じゃあひとりでやってみろ」

「え、いいの？　うん、わかった」

神妙にうなずいてみせた。

「何度も言うが、家には戻るな。心が乱されると未練解消への意欲が消えてしまうからな」

「うん、大丈夫だよ」

「なにか困ったら呼んでくれ」

右手をあげたクロが白い煙に包まれるのを見て、ホッとした。けれど最後まで気を抜かずに見送る。

瞬きしている間に、クロは行ってしまったようだ。

ようやく家への道を歩きだす。

幼なじみの子がいることはたしかだけど、彼女とはもう何年も話すらしていない。別々の中学に進んだことで、あんなに仲がよかったのに今じゃ他人のように挨拶をする程度になっていた。彼女が未練である可能性はほとんどないだろう。

家の屋根が見えてきたので、さりげなく振り返ってクロがいないかチェックする。

今のうちに我が家を満喫しよう。

まずは、ハチだ。

暗い庭で未だにぼんやりとその体が光っている。私の足音に気づいたのか、ハチは尻尾を振ってダンスするように跳ねて迎えてくれた。

「ハチ、元気だった？」

なにかおやつでも持ってくればよかったなんて思いながら、

「散歩に行く？」

と尋ねると、ハチはさらにうれしそうに尻尾を振った。

クロが戻ってくるかもしれないので急いだほうがいいだろう。素早く散歩用のリードに替えていつも散歩コースへ。

堤防沿いの道は、休日前だからかいつもより人の姿が多く見られた。ウォーキングをする人、私と同じように犬の散歩をしている人、川辺に座っているカップル。なんでもない日常がそこにある。

夜だというのに風が初夏のにおいを含んでいる。木々が主張するように葉を茂らせ、水の流れがさらさらとやさしい音を奏でる。

これからどうしようかな。まずはお父さんとお母さんの顔を見て、それからスマホをチェックしよう。スマホさえ見られれば、友達の連絡先も載っているし写真だってたくさん入っているから、大きな手がかりになるだろう。

って、スマホは電源が入らなかったっけ。スケジュールも音楽も、ぜんぶスマホに入っているんだと改めて知った。機能を集約すると便利なようで、こういうときは致命的だ。

グイ、とリードがうしろに引っ張られたので振り向くと、ハチが足を止めていた。

「どうしたの？」

軽く引くけれど、もう一歩も動きたくないときにする姿勢で踏ん張っている。

この先にある橋を越えれば、ハチの大好きな公園がある。そういえば、前回散歩したときもハチはここで足を止めたっけ？

「ねえハチ――」

言いかけたとたんに、吐きそうなほどの不快感が喉元にせりあがった。思わず口を押さえてうずくまってしまう。

「なんだろう……。気持ちが悪い」

耐えられないほどの吐き気をのみこんで、ギュッと目を閉じた。

何度も深呼吸をしていると徐々に落ち着いてきた。

今の、なんだろう……。顔をあげても、暗闇に沈む橋が見えるだけ。橋の手前にある交差点の信号が赤く灯っている。

脳裏になにか映し出されている。断片的な記憶はピントが合わない写真を見ているみたい。

思い出さなくちゃ。ギュッと目を閉じると、写真は徐々に姿を現していく。

「ああ……」

白い息がふわりと口から生まれた。

浮かんだ映像は、あの交差点。道を渡ろうとした私に向かってくる車のヘッドライト。運転席の男性は目を見開き、口を大きく開いている。

「嫌！」

首を振り記憶を追い出そうとしても、一度浮かんだ記憶は消えてくれない。

そうだ……。私は、この先にある交差点で事故に遭ったんだ。

なんで思い出せなかったのだろう。車に撥《は》ねられる瞬間の映像が脳にこびりついたままはがれてくれない。

ブレーキの音が響き渡り、直後にすごい衝撃が……。

手の甲をハチが舐《な》めているのに気づいて、顔をあげた。

「ハチ……」

彼なりに気づいて、私を連れていかないようにしてくれていたんだ。

「ありがとう、ハチ」

ひどく体が重い。同時に真冬の海に放り出されたように体が冷たい。

ここにいてはいけない。

なんとか歩きだすと、先を行くハチは何度も振り返ってくれた。

「大丈夫。大丈夫だよ」

家に近づくにつれて、徐々に気持ちが落ち着いてくるのがわかった。

あの橋にある交差点が私の命が消えた場所だとしたら、もう近づかないほうがいいだろう。

家に着くと、リードを小屋の前にある紐にくくり直した。

ああ、疲れた……。

そのまま地面に腰をおろし、足を伸ばす。

やっぱりひとりで未練を探すのは大変なことかもしれない。とりあえず、自分の部屋でヒントを探して、今日はそのまま眠りたい。

車のエンジン音が近づいてきたので立ちあがり、外を見ると、家の前にタクシーが停まったところだった。誰かが降りてきてインターホンを押している。鍵が開けられたらしく、滑るように家のなかに消えた。

こんな夜にお客さんかな……？

外から玄関のほうへ向かうと、タクシーはハザードランプをつけて停車していて、疲れた顔の運転手がスマホを眺めている。

とりあえず私も家に入ろうと思ったときだった。いきなりドアがバンと音を立てて開いたのだ。

逃げるように門から出てきた男性を見て、足が止まる。

この人……見たことがある。

「あ……」

さっき思い出したばかりの記憶だ。私を撥ねた車を運転していた男性に間違いない。

どうして私の家に来たの……？

スリムな中年男性で年齢は四十歳くらい。だけど、髪を金に近い茶色に染めている。

「んだよ！」

苛立ちを地面にぶつけるように、右足で地面を蹴った。

「わざわざ謝りに来てんだろうが！」

「帰ってください！」

玄関で叫んでいるのはお母さん。足下にはひしゃげた白い紙箱があり、そこからショートケーキがいびつな形で転がっていた。お父さんはまだ帰っていないみたい。

「弁護士に言われたから来ただけだ。ちゃんと謝罪はしたからな！」

だみ声で怒鳴る男性に、お母さんはボロボロと泣いていた。

「謝罪なんていりません。だったらあの子をもとに戻してよ。戻してよ！」

一瞬気圧された顔になった男性が、舌打ちを残してタクシーに乗りこんだ。

やっぱり、この人が私を轢《ひ》いたんだ……。

私を殺した人……。

迷う間もなくタクシーの後部ドアに手を当てた。ぞわりとした感覚に耐えてドアをすり抜ける。シートに腰をおろすと同時に車は走りだした。

こっちをにらみながら泣いているお母さんの顔は、すぐに見えなくなった。

体が震えていた。今、自分を殺した人の隣にいるんだ……。

やっとの思いで隣を見ると、苛立ちを浮かべた横顔があった。男性は、体をシートに投げ出し、「んだよ」とブツブツ言っている。

「次はどちらへ向かいますか？」

丁寧な口調のタクシー運転手の問いに、男性は舌打ちで答えてから「そうだな」とつぶやいた。

「飲みに行くから駅前へ行ってくれ」

「かしこまりました」

男性はポケットからスマホを取り出すと、どこかへ電話をかけようとしている。横顔がバックライトで照らされた。ひどく疲れた顔で、スリムというよりやせすぎの体。怒りを背負ったようなオーラが滲み出ていると思った。

「もしもし」

スマホを耳に当てた男性が言った。

「俺、吉野《よしの》。は？　吉野って言ってるだろ。先生は？　ああ、待つよ」

吉野、というのが私の命を奪った男性の名前なんだ。

しばらく首をコキコキしていた男性だったが、やがて相手が電話口に出たらしく
「先生か」と言った。

「言われた通り謝ってきた。これでいいんだろ？　怒り狂ってて手に負えなかった。わかってるよ、もっと早く行くべきだったって言いたいんだろ。忙しかったんだから仕方ないだろうが」

なんて乱暴な口調なんだろう。怒りと苛立ちを顔と言葉に滲ませ、舌打ちまでしている。

「どうでもいいよ。んだよ、せっかく謝りに行ってやったのに、マジムカつくわ」

こんな人に私は殺されたんだ……。感じたことのない感情がお腹に生まれている。

「いや、母親だけ。……は？　知らねーよ。もう二度とごめんだ。そのためにお前がいるんだろうが！」

憎い。この人が憎い……。お腹に手を当てて必死で落ち着かせる間に、男性は「あぁ」とさっきより落ち着いた口調でうなずいた。

「いや、悪かった。先生は国選弁護人だもんな。でも、俺には先生しかいないんだよ。

なあ頼むよ、なんとかしてくれよ」

今度は泣き脅し。コロコロと表情と言葉を変えてから吉野はようやく電話を切った。

「おい」

急にそう言われて悲鳴をあげそうになったけれど、彼の視線は運転席へ向いていた。

そうだよね、私が見えるはずないもんね……。

「飲みはやめた。銀座通《ぎんざどお》りの交差点で降ろしてくれ」

「かしこまりました」

タクシーは右へ曲がり、細い道を進んでいく。

「こんな田舎町なのに、銀座通りとか笑えるよな」

吉野は誰に言うでもなくつぶやくと、かったるそうに窓の外を見た。

こんな人に殺されたなんて……。

「絶対に許さないから」

そう言う声は心細くて、まだ震えていた。

銀座通りは駅裏にあるさびた商店街。吉野はスマホ決済でタクシー料金を支払うと、車を降りた。そばに立つ私に気づくことなく、脇道へ入っていく。

道はどんどん細くなり、最後は一方通行になった。さらに進み、右へ左へ折れた行き止まりに、びっくりするほど古いアパートが建っていた。

さびた鉄製の階段をあがると、いちばん奥の部屋へ入っていく。目の前でパタンと閉められるドア。

どうしよう……。迷いながらも、私は薄いドアに手を当てていた。

なかに入ると同時に「うわ」と声を出してしまった。それは、あまりにも部屋が散らかっていたから。

ワンルームという間取りだろう、キッチンと部屋が一緒になっている。家具はテレビくらいしかないのに、コンビニの弁当箱やビールの空き缶が散乱していた。

テレビの前であぐらをかく吉野の手にはビールがあった。

一気にあおると、

「くそ」

と汚い言葉を吐いた。

まるで怒りの感情だけで生きているような人だ。

私の未練は、ひょっとしたらこの人を殺すことかもしれない。いや、そうじゃなかったとしても、このまま地縛霊になってとり憑いてやりたい。

こんな男のために自分の人生が終わったなんて、納得できないよ。

そのときふいに誰かの気配を感じた。横を見ると開きっぱなしのトイレのドアから女性が出てくるところだった。

奥さんがいるんだ……。

男性の見た目とは違い、奥さんと思われる女性は、年齢は近くてもまるで格好が違った。グレーのスーツに身を包み、きちんと整えられた髪はひとつに結んである。

少し疲れた表情で男性のうしろに立つと、彼女は小さくため息をこぼした。

——そこから先のことはあまり覚えていない。

数秒後にはアパートを飛び出し、私は夜道を必死で逃げていたのだから。

それは、男性のうしろに立った女性がゆるゆると体ごと私に振り向いたから。

まさか、という思いと、そんなはずはない、という思いが複雑に絡まり合うなか、女性は私の目を見て尋ねた。

『あなたは、誰なの？』と。

銀座通りをダッシュで抜け、右へ左へ無茶苦茶に走る。

怖くて振り返れないまま、とにかく逃げろ、という脳の指示に従い走った。コンビニ、公園、駅前のロータリー。どこへ逃げても、あの女性に見つけられる気がした。

結局、さっきハチと散歩をした川沿いの道まで戻ってしまった。ぜいぜいと息を吐きながら、土手をおり砂利道に倒れこむ。

「もう、どうなってるのよ……」

呼吸を整えながら仰向けになる。せっかく回復した体力が奪われてしまったかのように疲れていた。

こんなときなのに、久しぶりに見る夜空にはたくさんの星が光っている。

今は何時くらいだろう。体を起こしてあたりを確認するけれど、歩いている人の姿もなく、急に心細くなってきた。

あの女性は、吉野の奥さんだろうか。私の姿が見えるってことは、奏太さんと同じように霊が見えるってこと？

「どうしよう……」

膝を抱えて暗い水面を眺める。

吉野に未練があるとすれば、それは殺意。彼を殺すことが未練なのだろうか……。さっきは衝撃の事実に自分を見失いそうになったけれど、自分を殺した人を殺すことが私の最後の願いだとしたら悲しすぎる。

風に乗って誰かの声が届いた気がして振り返った。まさか、あの女性が追ってきたとか……。

身をかがめていると、

「七海ちゃーん」

泣きそうに叫ぶ声が聞こえた。あの声は……シロだ。

土手を駆けあがると、向こうからシロがバタバタと走ってきた。こんなにもシロに会いたかったことはなかった。

白い服をはためかせて駆けてきたシロはもう泣いている。

「シロ！」

「よかったあ。どこへ行ったのかと思ったよぉ」

「ごめん。それより大変なの！」

シロの服の袖をつかんで引き寄せながら、あたりを見回した。

大丈夫、誰もいない。

不思議そうな顔のシロと木製のベンチに並んで座り、私はさっきのことを話した。

吉野の話をするとシロの顔は怒りに変わり、女性の話をすると真っ青になった。

「どういうことだと思う？」

最後のまとめとして質問を投げかけるけれど、容量オーバーらしくシロはぽかんと固まってしまう。

「あの女性、どうして私が見えているんだろう」

「それは……わからないよ、ごめん」

「ううん」

と首を横に振ったのは本心から。シロと話をしていると少し落ち着いてくるのが不思議だった。

「七海ちゃんの本当の未練は、吉野って人を殺したいってことなの？」

上目遣いで尋ねるシロに、あいまいに首を横に振った。

「さっきは殺してやりたい、って思ったけれど、よく考えたら吉野さんの体から光は出ていなかった。向こうから私の姿は見えていなかったし、たぶん違う」

もしも未練解消の相手なら吉野から私の姿が見えたはず。

冷静さを失っていたと反省する。

「じゃああまり関《かか》わらないほうがいいと思う」

そうだろうな、と素直に思えた。明日から五月になるんだし、未練解消のタイムリミットまでは一カ月を切ることになる。

恨みを晴らすより、未練の解消をすることに力を使わないと。

「ありがとう。シロと話せてよかった」

「僕もあまりそばにいられなくてごめんね」

謝ってばかりのシロに「大丈夫」と答えた。

「クロの手伝いをやらされているんでしょう？　大変だよね」

「あ、うん……」

「だいたいクロが悪いんだよ。未練の内容を教えてくれれば済む話なのに、ヒントすらくれないんだよ」

そう言ってからハッと気づく。こういうシチュエーションの場合、たいていクロが近くにいて、『悪かったな』とかイヤミを言ってくることが多いから。

キュッと口を閉じる私のうしろで、

「悪かったな」

やっぱりクロの声がした。

予想通りすぎて、反省よりもムカついてしまう。

「だって本当のことでしょ」

振り向くと、ベンチの横にある桜の木にクロはもたれるように立ち、腕を組んでいた。

そして、その横には……さっき吉野の部屋で見た女性が立っていた。

「きゃあああああ」

叫ぶ私に「うわあああ」とシロが驚いて、ベンチから激しく転げ落ちた。

「痛い痛い！」

わめくシロの体の向こうへ隠れる。

って、あれ……？　そもそもなんでクロと一緒にいるわけ？

「お前のそういうところ、単純すぎて笑えるな」

あきれ顔のクロは、言葉とは裏腹にちっとも笑っていない。

隣の女性が私を認めてお辞儀をした。

「驚かせるつもりはありませんでした。申し訳ありませんでした」

ああ、やっとわかった。おそるおそる立ちあがる。

「ひょっとして……あなたも亡くなっているの？」

わずかにうなずく女性の口からは白い息が漏れている。

「そうだったんだ……」

「お化けがお化けに驚くな」

あいかわらず笑わないクロにムッとした。だけど、自分の観察不足にも悔いが残る。

よく見ると、女性の体はどこか薄く、輪郭も景色に溶けているようだった。

「森上有希子《もりうえゆきこ》と申します」

「あ……雨宮七海です」

自己紹介をしてから私たちはベンチに腰をおろした。男性陣ふたりは、桜の木にもたれるように座っている。

有希子さんの体は光っていなかった。これは地縛霊になっているってことだろうか？

「未練の解消をまだしていないんです」

私の思考を読むように有希子さんは言った。

「最近亡くなられたのですか？」

「四月一日です。もう一カ月になるんですね」

私より少し前だ。クロに視線を送るけれど、退屈そうにあくびをしているだけ。

「あの」と有希子さんの横顔を見た。

「未練の内容がわからないのですか？」

もしそうなら私と同じだと思った。けれど有希子さんはすぐに「いえ」と否定した。

「死ぬ瞬間に自分がなにを願ったかは覚えています。娘のこと、それ以外にはないんです」

「娘さん……」

「凛《りん》という名前です。あなたと同じくらいの歳かしら。今年高校三年生になったの。でも、まだ会いに行っていないの」

ふふ、と笑ってから寒そうに有希子さんは細い腕をさすった。

「え……どうして？」

「会いに行く前にどうしてもしたいことがあって……。案内人さんは反対するけれど、どうしてもしなくてはいけないの」

さっきまでのやわらかい雰囲気はなく、宙をにらむような鋭い横顔。自分でも気づいたのか、有希子さんは背筋を伸ばした。

「吉野は私の元旦那なんです。といっても離婚したのは十年も前のことですけど」

「そうだったのですか……」

ふたりの苗字が違うことに今さらながら気づいた。

「もう何年も会ってなかったのに、最近急に姿を見せるようになったんです。そのころには私はもう病気が発覚していて……」

ぶるりと体を震わせた有希子さんが立ちあがった。

「ごめんなさいね。こんな関係のない話をしちゃって。それより、七海さんはどうして吉野のアパートにいたの？　ひょっとして、吉野とつき合っているとか？」

「まさか!?」

「だよね。あの人、ほんとろくでもない人だから、こんなにかわいい彼女ができるわけないしね」

クスクス笑う有希子さんの頬は白く、やせている。

「有希子さんは病気で？」

「ええ。気づいたときは手遅れだったの。あなたは？」

今度は私が話をする番だろう。

「私……たぶんあの男の人に車で撥ねられたと思うんです」

「え！」

悲鳴のように叫んだあと、有希子さんは目を大きく開いた。

「あの人がよく弁護士さんに電話してたのは……。そう、そうだったのね」

涙声になる有希子さんはやさしい人だと思った。

「確実じゃないです。ただ、そう思っただけで」

「いや、確実だ」

クロがそっけなく言った。シロが隣でまた青ざめている。

「そう、だった、んだ」

片言で答えながら、鳥肌が全身に広がるような感覚があった。

やっぱり吉野が私を……。

ユルセナイ
怒りが燃えあがるのを感じた瞬間、

「七海さん」

有希子さんが私の肩をギュッとつかんだ。

「あ、はい」

「あなたと私の願いは同じことかもしれない」

「……え？」

言っている意味がわからず戸惑う私に、有希子さんは顔を近づけた。

「一緒に吉野を殺しましょう」

はっきりとした口調で有希子さんはそう言った。

保健室のベッドは寝にくい。

パイプ式のせいで少し動くだけでギイギイ鳴るし、なによりも狭すぎる。

どれくらい寝たのだろう。まさか何日も経ってはいないと思うけど、と体を起こすと、カレンダーはまだ四月三十日のままだった。

時計を見ると午前三時。いつの間に帰ったのか、クロとシロの姿はなかった。

体を起こせば、閉めたカーテンの隙間から光が入ってきている。やけにまぶしくてそっとカーテンを開くと、斜め上に少し欠けた月が浮かんでいた。

さらさらと降る銀色の光が校庭を照らしている。

その真ん中にクロとシロが立っていた。スポットライトのような光に照らされたふたりは、なにやら真剣に話をしているようだ。口だけじゃなく、身振り手振りで必死になにかを訴えるシロに対し、クロはポケットに両手を入れたままで動かない。

外に通じるドアを開けると、風はまだ冷たかった。

「なにしてるの？」

土を踏みしめて近づくと、シロが「おはよう」と挨拶をしてきた。

「こんばんは」

言い直すと、きょとんとしている。

「挨拶言葉って難しいね」

「お前が下手なだけだ。俺様クラスになると日本語だけじゃなく地球語全般をあやつれる」

胸を反らして自慢げなクロ。

月の光に照らされた私たちが、なんだか夢のなかの世界にいるように思えた。

クロが尋ねたので「ううん」と答えた。

「眠れないのか？」

「ちょっとは寝たよ。ふたりこそなにしてるの？」

「作戦会議ってやつだ。これからどうするか、新人なりの意見を聞いてやってたところ。まあろくな意見は出ないけどな」

「そんな言いかたひどいじゃないですか。僕だっていろんなアイデアを出していますよ」

すでに涙目になっているシロを、小バカにしたような目で見るクロ。

「どこがアイデアだ。お前が出しているのは愚かな案ばかりだ」

「でも、でもっ」

「あーうるさい。泣くな。だいたい『七海に有希子の未練解消を手伝ってもらう』ってのどこがアイデアなんだ。遠回りしているようにしか思えん」

「だって七海ちゃんの性格だと、有希子さんの未練解消をしてからじゃないと、てこでも動きませんよ」

「頑固だからな」

「ええ。だから、やりましょうよ」

本人を目の前にしてひどい言われようだけど、シロの予想は間違ってはいない。

うう、と泣くシロの肩に手を置いた。

「私はシロの意見に賛成」

「なんでそうなるんだよ。いいか、お前の未練解消の相手は吉野じゃないし、有希子でも凛でもない。そもそも有希子は自分の未練がなにかわかっている。お前はどうだ？　有希子を手伝うなんて何様のつもりだ」

「でも、有希子さん悲しそうだったじゃん」

「だからお前はアホなんだ。人のことより自分のことを心配しろ」

売り言葉に買い言葉とはよく言ったもので、

「なによ、クロのバカ」

つい言い返していた。シロの腕をつかんで歩きだす。

「え、七海ちゃん?」

「私たちだけで有希子さんの未練を解消しよう。反対ばかりするどこかの誰かさんは放っておこう」

シロに、というよりクロに向けて言ってやる。

「勝手にしろ」

「勝手にします。ていうかクロってほんと――」

振り返るともうクロはいなかった。薄い煙だけがうっすらと漂っている。どうやら行ってしまったみたい。

「まずいですよ。怒らせちゃった……」

しょげるシロの背中をぱしんとたたいた。

「放っておけばいいよ。でも、有希子さんの手伝いをするのは正しいと思う。あのまま有希子さん、吉野さんに危害を与えるかもしれない」

「……ですね。でも、どうやって止めればいいんだろう」

不安そうな声のシロに「大丈夫」とうなずいてみせた。

「とりあえず無理やりでも凛さんの前に連れていけばいいんだよ」

「そんな強引な……」

「とにかく吉野さんのアパートに行ってみようよ。有希子さんを止めないと」

「七海ちゃんは、もう吉野さんへの恨みはなくなったの？」

シロの質問にうなずきながら、果たしてそうだろうかと自問した。

この行動が正しいかどうかはわからない。なぜ、自分を殺した犯人を助けようとしているのか……。

ひょっとしたら、私はまた、自分の未練解消から逃げているのかもしれない。

遠くの空が少し色を薄めている。

それでもまだ、月は追いかけてきている。

吉野のアパートに着き、部屋のなかに入ったとたん、私とシロは悲鳴をあげてしまった。

それは爆睡している吉野の体に有希子さんが馬乗りになり、手に持った包丁を今まさに振りおろそうとしていたから。

悲鳴に気づいた有希子さんがこっちを見て、

「おはよう」

とほほ笑んだ。

「ダメです。そんなことしちゃダメです！」

必死で叫ぶ私に、有希子さんは自分が手にした包丁を眺めてからポイと放り出した。

サクッと色の落ちた畳に突き刺さる包丁に、シロがまた悲鳴をあげている。

「やだ、本当に刺すわけないじゃない。もし刺しても、突き抜けるだけでしょう?」

吉野の体から離れた有希子さんがクスクス笑った。

そっか、生きている人間にはさわれないんだ……。

「じゃあ、どうして?」

「万が一にも刺せないかなと期待してたの。もう何回も試しているけれどうまくいかないのよね」

すごいいびきが吉野から聞こえだしたので、私たちは外に出て、アパートの階段に腰をおろした。

明るくなる空、日の出がまるで夕焼けのように空を染めている。

「きれいね」

隣で目を細める有希子さんに、「あの」と私は尋ねた。

「有希子さんはどうしてあの人を殺したいんですか?」

「ああ……。やっぱり憎いからでしょうね」

まるで他人ごとのように口にしたあと、有希子さんは首を横に振った。

「十年前に離婚したときね、本当に壮絶なほど苦労したの。吉野は離婚に応じないし、離婚専門の弁護士を雇って、養育費もなしにしてやっとのことで決まったのよ」

「養育費も？」

「あの人に払えるわけないもん。むしろなにもいらないから、とにかく縁を切りたかったの」

私にはよくわからないけれど、よほどのことだったんだろうな。

「だから殺したいんですか？」

「まさか。もうあれで縁が切れたはずだった。なのに、私が親の遺産を相続したことを聞きつけたんでしょうね。また姿を見せるようになったの」

太陽が住宅地の向こうに顔を出している。まぶしい光に照らされる有希子さんの表情は曇っている。

「私の病気が発覚してからは、執拗《しつよう》に復縁を迫ってくるようになった。暴れたり脅したり……警察沙汰になったりして本当に大変だった。二度と会わないという約束をしたのに、私が死んだとたん、あの人は凜の前にまた姿を現すようになったの」

「そうだったんですか……」

「あの人はね、凜のことなんてちっとも愛していない。ただ、あの子に遺されたお金だけが欲しいのよ。だから凜に会って未練解消をする前に、どうしてもあいつを殺さなくちゃいけないの。わかった？」

わかった。わからない。わかるようで……わからない。

どう答えていいのか迷っていると、有希子さんはまたクスクス笑いだした。

「ごめんね。七海さんには関係ないのに」

「いえ」

「心配して見に来てくれたんだよね？　すごくうれしかった」

「これから、どうするんですか？」

有希子さんはしばらく黙ってから、

「そうね」

と口にして立ちあがった。

「この一カ月、なんとか吉野にとり憑いてやろうとしたけれど、やっぱり無理みたいなの」

階段をおりていく有希子さんについていく。下まで来ると、周りの建物のせいで太陽の光は見えなくなった。

「毎日、凛のことだけを考えている。私が死んだあとあの子がどうしているのか、ずっと気になっていた。だから、会いに行こうと思う」

「それがいいですよ」

私と違って、未練の相手がわかっているんだもの。

「吉野のことは私とシロでちゃんと見張っておきますから。といっても、私もあまり時間がないですけど」

「やさしいのね、ありがとう。でも、安心して。私、凛に会いに行っても姿は見せないつもりだから」

「え!?」

有希子さんが吉野の部屋のドアを見あげた。その目にはさっきまでのやさしさはなく、憎しみが宿っている。

「凛を守るために未練解消をしないことにしたの。あの子のためなら、地縛霊にだってなるわ。地縛霊としてあいつにとり憑いてやるの」

「ダメですよ」

私より先に、それまで黙っていたシロが言った。

「そんなこと、凛ちゃんは望んでいないと思います」

涙声のシロに、「ええ」と有希子さんはうなずく。

「だけど、それしか方法がないの。あなたたちも、いつか子供を持つようになったらわかること。どんな手を使ってでも、自分の子は守りたいって親なら思うものよ」

決意が言葉にこめられている、と思った。でも、私はもう死んでいるから、そんな未来は永遠に訪れない。

「でも……。地縛霊になったら、凛ちゃんにまで悪い影響があるかもしれません」

「大丈夫。そうなりそうだったら、案内人さんが私をやっつけてくれるって約束しているから。ね、そうでしょう？」

有希子さんが私のうしろに声をかけた。いつの間にいたのか、電柱にもたれたクロが右手をあげた。

「ああ、もちろんそうさせてもらう」

「クロ！」

「だから余計な心配はするな。これは有希子と七海、ふたりに言っているんだぞ。いい加減、七海も自分の未練解消をしろ」

なんだ……。もうそこまで話をしているのか……。私にできることはなにもない、ってそういう意味だったんだね。

「わかった。じゃあ、有希子さんがんばってくださいね」

「七海さんも」

ほほ笑みを交わしたときだった。アパートの二階からドアを開閉する音が聞こえたのだ。

鼻歌交じりに出てきたのは、吉野だった。スマホで会話をしながら階段をおりてくる。

「でさ、とりあえず現金でいくらか工面してもらうつもり。昔から凛の名義で貯金してたのは知ってるしな」

サッと有希子さんの顔色が変わった。

「ね、七海ちゃん」

シロの声に振り向くと、細道を伝ってタクシーがこっちに向かってくるのが見えた。

私たちのそばに来た吉野はまだ電話を続けている。

「今日から休みだから家にいるだろう。キャッシュカードならおろせるだろうし、なんなら通帳ごと預かってくる。だからもう少しだけ返済は待っててくれよ。ああ……悪いな、助かるよ」

通話を終えた吉野がタクシーに向かう。

「あいつ……」

憎々しげな声を出した有希子さんがそれに続く。

どうしよう、とクロを見ると「ったく」と吐き捨てるように口にした。

「新人、お前は俺の続きを担当しろ。七海、行くぞ」

長い足であっという間にタクシーの助手席に乗りこもうとするクロ。これじゃあ私が乗るスペースがない。

「私、私はどこに乗ればいいの!?」

「どこでもいいだろ。体はすり抜けるだろうから」

「でも……」

吉野の体に重なるのだけは勘弁してもらいたい。

そうこうしているうちにもタクシーは動きだしてしまいそう。

「もうひとつ空いてる場所があるだろ、ほら、そこ」

クロが指さした場所。そこは車のトランク部分だった。

トランクが開けられると同時に、まぶしい光がダイレクトに降り注いできた。

「着いたぞ。早く降りろ」

むんずと腕をつかまれて地面に降り立つと同時に、ヘナヘナと座りこむ。

「ほら行くぞ」

住宅街のはずれにある一軒家の前でタクシーは停まったようだ。景色が波打つように揺れていて、ものすごく気持ちが悪い。

「乗り物酔いか？」

ニヤリとするクロをにらむ元気もない。

「景色が見えないだけであんなに酔うものなんだね」

こみあげる吐き気と闘いながら顔をあげると、吉野が門の手前にあるインターホンを連打していた。有希子さんは庭にある木に隠れて顔だけ出している。

なんとか立ちあがり有希子さんのそばへ行った。

「おい、寝てるのか！」

近所迷惑も構わずに叫ぶ吉野は、まだ酔っているように見えた。

有希子さんは緊張した顔で視線をドアへ送っている。そっか、久しぶりに娘さんに会えるんだもん、そうなるよね……。

本当に凛ちゃんには会わないつもりなのかな。その選択が正しいかどうか、私にはわからないけれど、たしかに吉野の行動は目に余る。

「なんとかあの人を懲らしめられないの？」

塀に腰かけているクロに尋ねるけれど、

「無理だな。俺は死神じゃない」

なんてそっけない態度。

「でも、このままじゃ凛ちゃんが――」

「なあ有希子」

クロが私の言葉を遮って口にした。

「お前の娘は、この一年よくがんばったよ。お前が病気になっても健気《けなげ》に看病をして、最後も立派に見送った。葬式での弔辞は俺以外みんな泣いてたぞ」

「そうだったのですか……。あの子、昔からしっかり者でしたから」

ひょいと塀からおりたクロが、ゆっくりと私たちに近づく。

「お前が地縛霊になんかならなくたって、凛はちゃんと考えている。見てろ」

クロの言葉と同時にドアが開いた。

若草色のカーディガンにオレンジのスカートを穿《は》いた少女が現れた。私よりも長めの髪で、前髪は直線にそろっている。黒縁のメガネがよく似合っていた。その体は私がこれまで見てきたものよりも強く光っている。

「凛……」

同時に有希子さんの体も金色の光を放ちはじめた。

「有希子、もっと隠れないと見つかるぞ」

クロがそう言うと、洟をすすりながら有希子さんは木の幹に隠れた。

吉野は嫌な笑みを浮かべて門を開けようとした。

「開けないでください。私に会ってはいけないことになっているはずです」

はっきりとした口調で凛ちゃんは言う。

「は？　俺たち親子だろ？」

「知りません。何度も申しておりますが、私にはあなたの記憶はありません」

「そう言うなよ。なあ、有希子のことは残念だったな。こう見えても俺も心を痛めているんだぜ。なんたって、別れたとはいえ愛した人だからさ」

ニヤニヤしながら言う吉野に石をぶつけてやりたくなった。

たしかにこれは地縛霊になってでもなんとかしたい相手かもしれない。

「帰ってください」

はっきりと口にした凛に吉野はムッとしたらしく、

「おい」

さっきよりも低い声を出した。

「お前、調子に乗ってんなよ。いいから、なかに入れろ」

「嫌です。それ以上近づくと大声を出します」

まっすぐに吉野を見てから、

「用事はなんですか？」

と凛ちゃんは尋ねた。

「実はさ、俺、有希子の借金を代わりに返してるんだよ」

隣で「嘘つき」と有希子さんがつぶやいた。

吉野はいかにも困ったような顔を貼りつけている。

「だからさ、遺産を少し分けてもらえる？　有希子の通帳ってまだ止められたまま？」

「知りません」

「凛用に作っている通帳もあっただろ。ほら、有希子の親が亡くなったときに作ったやつだよ」

「知りません」

あくまで単調に答える凛ちゃんに、

――ガシャン！

吉野が門を蹴った。

「いい加減にしろよ！　俺だって有希子の財産を相続する権利があるだろ！」

不思議だった。凛ちゃんの表情からはなんの動揺も見られない。むしろ、どこか吉野を憐《あわ》れんでいるようにすら見えた。

「ヨシノサン」

平坦な声で名前を呼んだ凛ちゃんに、

「ん？　思い出したか？」

吉野の目が光るのを見た。

「残念ながら離婚した以上、あなたは他人です。遺産の権利はもうないんです」

「おいおい、やめてくれよ。この家だってそもそも夫婦の名義だったし、俺にだって権利はあるだろ？」

「それがですね、ないんです」

あっさりと口にした凛ちゃんが門へ近づく。

「危ないよ！」

叫んでも聞こえるはずもなく、凛ちゃんは吉野のそばまで行くと大きく息を吐いた。

「あなたは離婚の際に、養育費を拒否する代わりに家の権利を放棄しています。弁護士さんはちゃんとした書類に署名したと言っていましたよ」

「な……。あれは、しょうがなくなんだよ。なあ、いいからちょっとだけでいいから貸してくれよ。もちろんすぐに返すから」

すがるような口調で言う吉野に、凛ちゃんは首を横に振った。

「もう話すことはありません。お帰りください」

——ガシャン！

再び門が蹴られた。

「お前、ふざけんなよ！」

「ふざけていません。もうすぐ警察が来ますよ」

「な……」

「さっき警察に電話したんです。注意されるの、これで何回目ですか？」

笑みさえ浮かべる凛ちゃんに、吉野は顔を真っ赤にした。

「お前……。俺はあきらめねーぞ」

「あきらめてください。私、引っ越すんです」

予想もしていなかったのだろう、吉野は絶句したように口をパクパクさせた。

クロと視線が合った。肩をすくめるクロは知っていたのだろう。

「留学するんです。そのままその国で働くか、戻ってきたとしても違う土地で暮らします。だから、会うのは今日が最後になります」

「おい、なんだよそれ……」

「あなたは最低の父親でした。あ、お待ちください」

ポケットに入れたスマホを耳に当てると、凛ちゃんは「はい、私です」と吉野を見たまま言った。

「ええ、目の前にいます。今、脅されています。ええ、言われたようにちゃんと録音しました。あと二分ですね。お待ちしています」

吉野は「ヤバい」と叫んで逃げ出していく。それを見送る勝利の笑顔は美しかった。

「すごい。凛ちゃんてすごいですね」

横を見ると、有希子さんはすでに泣き崩れていた。

私だったらあんなふうにできない。きっと泣いて暮らしていたに違いない。

「おい、有希子。もういいだろ。今度はお前が勇気を見せる番だ」

クロがそう言うと、有希子さんは何度もうなずいて立ちあがった。朝日にも負けないほどの強い光が体から燃えあがっている。

凛ちゃんはしばらくぼんやりと立っていたが、やがてため息をつくと玄関へ歩きだした。

「凛……」

声にハッと立ち止まった凛ちゃんが、ゆっくりと木のほうへ視線をやった。

「お母さん……？」

「凛！」

両手を広げて近づく有希子さんに、凛ちゃんの顔が一瞬で泣き顔に変わる。

「お母さん！」

駆け寄って抱き合うふたりは、勢いそのままに芝生に倒れこむ。それでも、何度もお互いの名前を呼び合っている。

「お母さん、お母さん！」

「凛。ごめんね、本当にごめんねぇ」

気づくと私の頬にも涙がこぼれていた。

ふたりが再会できてよかった。有希子さんが未練解消できて本当によかった。

クロが私の隣に立った。

「あのふたりが流しているのが、本当の涙だ」

「え？」

こんなときになに？

きょとんとする私に、クロは私の頬を指さした。

「お前のは違う。まだ本当の涙を出していない」

「なにそれ。今はそんなこと言っているときじゃないでしょ」

ほんと、デリカシーのない人だ。

ようやく落ち着いたらしく、ふたりは体を離した。メガネを拭いてかけなおした凛ちゃんが「そっか」とつぶやいた。

「生き返ったのかと思ったけど、違うんだ」

「ごめんなさい」

うなだれる有希子さんに、凛ちゃんは首を横に振った。

「最後に会いに来てくれてうれしい。さっきの見てた？　吉野のこと追い払ってやったんだよ」

「見てたわよ。でも、あんなこと言って大丈夫なの？」

心配そうに手を伸ばし、頬にこぼれた涙を拭ってあげる有希子さんに、

「大丈夫」

ニカッと笑い返す凛ちゃん。

「警察は呼んでないよ」

「でも、それじゃあまた来ちゃうじゃない。留学の話も嘘でしょう？」

「もちろん。でもね、引っ越すのは本当なの。山口《やまぐち》県に行くんだよ。みっちゃんの家の近くにマンションを借りたんだ」

「え、従妹《いとこ》のみっちゃんのこと？」

顔を曇らせる有希子さんに、凛ちゃんは家を見あげた。

「ここにいると悲しくってね。みっちゃんに相談したらすぐに動いてくれたの。友達と別れるのはつらいけど、もともと大学もみっちゃん家の近くのところに行きたかったしね。あっちの高校に担任の先生が推薦状を書いてくれたんだ」

「でも、あの人のしつこさは異常よ。調べないかしら？」

有希子さんの不安そうな顔に、凛ちゃんは「大丈夫」と力強く言った。

「周りの人たちには留学するってことで口裏を合わせてもらってるし、大学に入ったら本当に留学する予定なの」

「そうなのね……」

ようやく安心した表情になった有希子さんが、またはらはらと泣いた。

「お母さん、ありがとう。もう会えないと思ってたからうれしい」

「うん。うん……」

ゴホン、と咳ばらいをしたクロが「有希子」と言った。

「はい」

「そろそろ未練解消の時間が終わる。ちゃんと別れを言っておけ」

「わかりました」

素直にうなずく有希子さんに、

「お母さん、誰と話をしているの？」

不思議そうに凛ちゃんがあたりを見回した。

「案内人さん。これからあっちの世界へ行くのよ」

「そっか」

あっさりとうなずいた凛ちゃん。私だったら号泣する場面なのに、なぜか凛ちゃんはにっこりと笑みを浮かべている。

「お母さん、よかったね」

ぽろり。

笑いながら凛ちゃんは泣いていた。

「病気の痛みも、もうないんだね。やっと、やっとラクになれるんだね」

「ありがとう、凛。どうか元気でいてね。あと火の元には気をつけて、あと——」

「わかってるって」

ひょいと立ちあがった凛ちゃんがゴシゴシと手の甲で涙を拭った。

「お母さんは心配しすぎなの。私は大丈夫だから……大丈夫、だから……」

ぐにゃりと顔をゆがませた凛ちゃんが、有希子さんの胸に飛びこんだ。

「凛！」

抱き合うふたりの光が一瞬大きく燃えあがり、そして徐々に色を失っていく。

「未練解消が終わるんだね」

そう言う私に「ああ」とクロはうなずいた。

「今度はお前の番だ。できるな？」

「涙の意味の説明はまだ？」

「そんなの自分で考えろ。よし、行くぞ」

有希子さんに声をかけたクロが右手をあげると、周りにドライアイスのような煙が生まれた。

「お母さん、またね」

「凛も、またね」

手を振るふたりはもう二度と現世で会うことはない。だけど、凛ちゃんならきっと大丈夫だと思った。

今、ふたりの体から金の光が消えた。

「あ……」

つぶやいた凛ちゃんが、もう一度家を見あげた。

「私、なにしてたんだっけ……」

キョロキョロとあたりを見回してから、凛ちゃんは家へ戻っていく。

その背中に『がんばって』と心のなかで声をかけた。

「七海さん、ありがとう。本当にありがとうございました」

深くお辞儀をした有希子さんの顔は晴れ晴れとしていた。

「私もがんばります。だから、先に行っててください」

「はい。クロさん、よろしくお願いいたします」

「お前までクロ、って呼ぶな！」

わめくクロの声だけを残し、ふたりは煙に包まれ見えなくなった。

私ひとりが残された庭には、春の暖かい日差しが降り注いでいた。

第五章　君はいつも笑っていた

夢を、見た。

高台にある公園のベンチで、私は誰かを待っている。

夕暮れに包まれる公園のはるか向こうに、太陽がゆっくりと沈んでいく。町は複雑な陰影を作り、もうすぐ影ごと夜にのみこまれていく。

「お待たせ」

大好きな声が聞こえ、私はそちらを見る。

他校の制服姿の彼は右手を軽くあげた。短めの黒髪、切れ長の目には似合わない八重歯が、彼をやわらかい印象に見せている。

あなたは誰？　思い出せないの。

「七海」

彼のまあるい声が耳に届いた。

彼は私の大好きな人。ううん、大好きだった人。

ああ、そっか……。今、思い出したよ。

彼の名前は――。

「桐島《きりしま》侑弥《ゆうや》」

その名前を口にすると同時に白い天井が目に入った。

あ、やっぱり夢だったんだ。すぐにここが保健室だと理解できた。

大好きな人の顔と名前を思い出せたのに、心が苦しいと叫んでいる。

「その人、だあれ？」

シロが不思議そうに尋ねるので、「彼氏」と答えてから口をつぐんだけれど遅い。

「嘘！　七海ちゃんて彼氏がいたの⁉」

隣のベッドでガバッと起きあがったシロの頭を、ぱこんとクロがはたいた。

「うるさい！　記憶が戻ったばかりの人間に声をかけるな！」

「……うう」

うめいているシロから視線を天井に戻した。

そうだ、桐島侑弥は私の好きな人の名前だ。どうして忘れていたんだろう……。

一度思い出してしまえば、すぐに彼の顔は頭に浮かぶ。

ひとつ年上の高校三年生で、やさしい人。

じわじわと胸のあたりの温度があがるけれど、さっき感じた苦しさも比例して大きくなっていくみたい。

「彼氏って言ったのは間違い。これから彼氏になるはずだった人なの」

頭を押さえているシロに訂正すると、よくわからない顔をした。

そうだろうな、自分でもまだ整理できていない。

恋人になるはずだった侑弥。恋人になるはずだった私。

それなのに……。

「自分がすごく冷たい人に思える」

そう口にすると、クロが口をへの字に結んだ。

「なんで?」

「だって、すごく好きな人だったのに忘れていたんだよ?」

彼の笑顔が好きだった。最初は無口であまりしゃべらない人だったのに、会うたびに話をしてくれるようになっていった彼。

片想いの期間が長かったぶん、恋人になれることがうれしかった。

そう、まだ〝はじまってもいない恋人〟だったんだ。

「好きとか嫌いとか、そういう感情は俺にはわからない」

そうだろうな、とクロの答えに納得しながら体を起こした。ひどく体が重く、節々が痛い。

カレンダーの日付は五月十日を示している。

「また眠っちゃったんだ……」

「でも思い出せたなら意味がある眠りだ。さ、行くぞ」

せっかちなクロは、もう保健室の扉へと足を進めている。

「侑弥が未練解消の相手なの？」

「知らん。ただ、可能性は高い。おい、さっさとしろ」

最後の言葉は、まだ驚きの表情で固まっているシロに向けられたみたい。

ぶうと膨れたシロが、のそのそとベッドからおりた。

「僕は好きになる気持ち、わかるよ」

「そうなの？」

「ワクワクしてたまらなくて、ものすごくお腹が空くんだよね」

「……ちょっと違うかも」

ますます膨れるシロを見ないフリで歩きだすと、やっぱり体が重い。

外に出ると、今日は曇り空みたい。梅雨にはまだ早いけれど、そのころにはもう私はこの世にいないんだ……。

なんだか悪いことばかり考えてしまう。やっと好きな人のことを思い出せたのに、どうしてこんなに苦しいのだろう。

校門を出たところでクロが足を止めた。

「で、どっちに行くんだ？」

「えっと……」

「そいつ……侑弥の家は？」

「知らない」

「は？」

拳でも入りそうなくらい大きく口を開けるクロに、私は必死で手を横に振った。

「だから、まだ正式にはつき合ってないんだよ。でも、最初に会ったのはもう何年も前なんだよ」

「友達から恋人になったとか、そういうやつか？」

「それともちょっと違う」

「わけがわからん」

やっと口を閉じたクロが、やれやれという表情になった。なんだか恥ずかしくなり、私は足を右へ進めた。

「いつも会う場所は決まっているの。こっち」

誰も信じないだろうな。私と侑弥が固い絆《きずな》で結ばれているなんて。

――そう、あれは三年前。私が中学二年生になる直前の春休みのことだった。

＊

公園で夕日を見るのが昔から好きだった。

普段はハチの散歩があるので学校のあとは家に直帰していたけれど、火曜日と木曜日はお母さんが代わってくれる。だから私は週に二日だけ、下校の途中に高台にある公園に寄る。

もちろん晴れた日限定だけれど。

ここは人気《ひとけ》のない公園で、ほかの人の姿はあまり見かけない。遊具もほとんどないし、ベンチと砂場がある程度の小さすぎる公園。

けれど、ベンチがある場所からは町が見おろせる。遠くに落ちる太陽は日によって色も大きさも違うし、雲がある日は金色にだって見えたりもする。

最近は暮れる時間も遅くなったので、急いでここに来なくてもよくなった。

「きれい……」

買ってもらったばかりのスマホで写真を撮っても、見た目よりもはるか遠くに夕日が小さく写るだけ。ズーム機能を使うと画像が荒くなるし、なによりも肉眼で見るのとはずいぶんと違う。

カバンにスマホを落としたときだった。

「すごい夕焼けだね」

すぐ近くで声がした。

いつの間にいたのか、右前の手すりに手を置いた男子が私を見ている。

「え？」

「この町はこんなに美しい夕焼けが見られるんだね」

美しい、という言葉を同い年くらいの男子が使うことに驚いてしまう。

「あの……」

と言いかけて言葉を失ったのは、夕焼けを背負っている彼がそれこそ美しく見えたから。

「君は中学生？」

「はい。中学二年……あ、もうすぐ二年生です」

「僕はもうすぐ三年生。といっても、自転車で三十分もかかる学校らしいけど」

苦笑する彼に首をかしげた。

すぐに彼も自分の言いかたがおかしいことに気づいたらしく、「ああ」と発した。

「引っ越してきたばかりなんだ。だからまだ新しい中学校も見ていないんだ」

「そう、なんですか」

カタコトで答えてしまう私に彼は、

「ひょっとして俺、緊張させせちゃってる？」

なんて尋ねた。ひょっとして、じゃなく確実にそうです。

そんなことを言えるはずもなく、

「いえ」

小刻みにプルプルと首を横に振ると、彼はおかしそうに笑った。空気を溶かすようなやわらかい笑みだった。

「急に話しかけられたら困るよね」

緊張は、確実にバレているようだ。

黒髪の彼が空を見あげたので、私もつられて顔をあげる。

「空だってこんなに広いんだね。これまではマンションの低層階に住んでいたから、ちょっと驚いているよ」

鼻の形がきれいだと思った。身長はそれほど高くないけれど、たった一歳の差なのにすごく大人な雰囲気を感じる。

「昔から夕日を眺めるのが好きだったんだ。前に住んでいたところではビルにすぐ隠れちゃうからなかなか見られなかったけど、夕日ってこんなにきれいなんだね」

「あ、はい」

「君も夕日が好きなの？」

その質問に秒で「はい」と答えていた。

「昔から火曜日と木曜日はここで夕日を見ているんです。季節によって、日によって、いろんな色になるんですよ。特に今日の夕日は本当にきれい。まるでオレンジの海みたいですよね」

つい興奮して話をしてしまった。ギュッと口にブレーキをかける私に、彼は少し目を丸くしてから「そっか」とうなずいた。

絶対ヒかれたに決まっている。違う話題に切り替えないと。

「あの、どこから引っ越してきたのですか？」

最後は消え入りそうになる声。クラスの男子には平気でツッコミを入れられるのに、初対面の上級生にはうまくできなかった。

「東京《とうきょう》から。君のその制服は俺のとは違うから、学校は別みたいだね」

「私はあそこの中学に通っています」

立ちあがり、指さす先を彼は目を細めて眺めた。

「学校は楽しい？」

「ええ、まあ……」

「家は近いの？」

「ええ、まあ……」

同じ言葉でしか返せずにいると、彼は小さく笑った。そして体ごと私に向くと、鼻の頭をぽりぽりとかいた。

「よかったら俺と友達になってくれない？」

「友達!?」

「友達って大げさかな。じゃあ、夕日仲間ってのはどう?」

いいことを思いついたような口調で彼は言った。

彼の顔がオレンジに染まるのを、私は不思議な気分で眺めていた。

＊

思い出話をする私にクロが述べた感想は、

「くだらん」

のひと言だった。

高台の公園にやってきた私たちは、ベンチに腰をおろしている。

「なによ、そっちが聞いてきたくせに」

しっかり思い出すのが大切だ、と言ったくせにひどすぎる。

私の不満を鼻で笑うと、クロはベンチの背もたれに体を預けた。

「くだらんものはくだらん。俺は、お前に未練の内容を思い出させるための手伝いをしているだけだ」

隣で足を組むクロが「で」と先を促してきた。シロは手すりにもたれ、まだ高い位置にある太陽を浴びている。

「毎週火曜日と木曜日は彼に会えた。桐島侑弥っていう名前を知ったのは、一カ月くらい経ってからだった。お互いに自己紹介もしていないなんて、って笑ったっけ……」

名前を聞く前にはもう好きになっていた。

彼の中学は私立で、高校もエスカレーター式で進めるそうだ。授業のスケジュールは私の中学よりも緩いらしく、たいてい彼が先に到着していた。

公園の入り口でベンチに座る彼のうしろ姿を見るとうれしかったし、どんなに嫌なことがあってもそれで救われた。

好きな気持ちはどんどん強くなり、火曜日と木曜日は私にとって特別な日になった。

「それなのに、どうして忘れていたんだろう……」

好きだったのに。今でも大好きなのに……。

悲しみは涙には変わらない。最近はすぐに泣いちゃっていたのにな。

「告白したのは七海からか？」

その質問に、胸がキュッと痛くなる。もう死んでから久しいのに、感情はまだ生きているときと同じみたい。地縛霊になったなら、こういう感情も少しずつ消えていくのかな。

「ううん。侑弥からだった」

「へぇ。案外、モテるんだな」

「案外、は余計なお世話」

そんなことを言いながらまた気持ちが塞いでいくのがわかる。

人生ではじめて告白された日、私は最高に幸せで、最高に不幸せだった。その理由はなんだったのだろう？　なにかがあったのは確実なのに、つかもうとすると手のなかで記憶が砕けてしまう。

複雑な表情に気づいたのか、クロが「話せ」とそっけなく言った。

「話すことで未練の内容もだんだんと思い出せる」

「……わかってるよ。でもこれってプライベートなことでしょう？」

せめてもの反抗はすぐに却下されるかと思ったのに、クロはひょいと立ちあがるとシロの隣に並んだ。

「じゃあ心のなかで自分に向かって話をしてみろ」

「自分に向かって？　そんなのやったことないし」

「それが七海の弱さだな。未練解消に同行しはじめてから、七海の弱い部分がすぐにわかった。まあ、俺くらいになると朝飯前ってところだけどな。その弱さがお前をこの世に縛ろうとしているんだ」

自慢げに胸を張ったクロ。

「私の弱さって？」

「なんでも人に聞くな。ちゃんと自分に話しかけてみろ」

そんなこと言われたってよくわからない。

戸惑っていると、今度は隣にシロがどんと腰をおろした。

「じゃあ僕が聞く。七海ちゃんの彼氏のこと聞きたい」

「え……」

「七海ちゃんは思い出したまましゃべってくれればいいよ。僕が隣で、ふんふんって聞いてるから」

無邪気な笑顔のシロがうらやましい。

「恋を知らないお前が役に立つとは思えんがな」

ククク と低い声で笑うクロに、

「僕だってちゃんと知っています」

シロが言い返した。

「恋をするとお腹が空くなんてやつが、知っているとは思えないけどな」

「ひどい！」

傷ついた顔で抗議するシロは、もう瞳が潤んでいる。

クロとシロは本当によいコンビだ。って、ここで泣かれたらまた大変になる。

「わかった。話してみるから」

そう言った私に、シロはうれしそうにうなずいた。

＊

恋は続く。

毎週火曜日と木曜日だけ会えることが、平凡な毎日のなかで楽しみだった。

会えば会うほど、侑弥は不思議な人だと感じている。

出会って三年も経つのに、たくさん話をしたのは最初の日だけ。

ここで会っても、彼は手すりのそばで黙って空を見ている。私はその背中と夕日を一緒にまぶたに焼きつける。そんな日々。

もちろん、会えば挨拶をするし、たまに話しかけてもくれた。

内容はどれもたわいないことばかり。天気のこと、体調がいいとか悪いとか。

勇気を出して私がなにか尋ねても、『そうだね』が答えの大半だった。彼はルールでも決めているように自分のことをあまり話さなかった。

夕日が終われば、彼は『また』と二文字だけの挨拶をして帰っていく。

たとえるならネコ。それも、なつかないネコみたい。近寄れば遠ざかるし、離れればそばに来る。

中学二年になったばかりの私は、いつの間にかあと数日で高校二年生になろうとしている。

片想いも丸三年が過ぎようとしていて、でも絶対にかなわないんだというあきらめを感じていた。

この約三年間、進捗《しんちょく》は、メッセージアプリのアドレス交換をした程度。

侑弥が好きなのはあくまでも夕日。私は夕日仲間として、週に二回会うだけの女子。

雲が太陽を隠す日に彼は来ないし、梅雨時期は一カ月会えないこともあった。

久しぶりに会えたとしても、彼はなにも変わらない。軽い挨拶をしたあとは、自分の世界に入ってしまう。

会えるだけで幸せだった日々には、いつしか苦い気持ちも混在していた。

好きになるほどに相手のことを知りたくなる。

どんな家に住んでいるの？

どんな家族なの？

どんな友達がそばにいるの？

どんな子が好きなの？

たくさんの『どんな』を口にすれば、もう会えない気がした。

今日の夕日はあまりにも美しく、たなびく初春の雲を金色に染めている。

ベンチに座り、彼の背中に小さく「好き」とつぶやいてみる。呪文のようにうわごとのように言っても、小さすぎる声は侑弥に届かない。

彼のうしろ姿にだけは素直になれる恋。

愛梨は『もうやめたら？』とアドバイスをくれる。そうできたらどんなにいいか。うなずく一方で、絶対にやめたくないと願う自分もいる。

私が勝手に好きになっただけなのに、糸を複雑に絡ませて苦しんでいる。

恋に泣けたならば、ちょっとはラクになれるのかな。

そんなことを考えていたときだった。振り向いた侑弥が私の隣に腰をおろしたのだ。

隣に座ったなんて、どれくらいぶりか忘れるほどのこと。

驚いている私に侑弥は空を指さした。

「今日の夕日はめちゃくちゃきれいだね」

「あ、うん……」

「空はすごいよな。なんでずっと見てても飽きないんだろう」

背が伸びた気がする。髪も前よりは長くなっている。

「七海はどうして空が好きなの？」

久しぶりにされた質問に、ハッと息をのんだ。そうだった、もともとここに来るのは夕日を見たくてのことだった。侑弥に会いたくて、という理由にいつから変わったのだろう。最近じゃ、空を見るよりも、侑弥のうしろ姿ばかり見ていたっけ……。

「昔から好きだったの。理由はわからない」

「ひょっとして、前世がそういう研究をしていた人だったのかもね」

そんなことを言う侑弥に私は顔をしかめてみせた。

「侑弥だってそうだったかもよ。たぶん、私よりも夕日が好きだもん」

私は夕日よりも好きなものができてしまったから。

「じゃあ俺、夕日仲間のリーダーに昇格ってことでいい？」

「うん。じゃあ任命します」

冗談めかして言う私に、侑弥は八重歯を見せて笑った。

今日の侑弥はどうしたんだろう。あからさまにいつもより多く話をしてくれる。

ああ、きっと今夜はうれしくて、明日はもっと切なくなるんだろうな。

侑弥の言動ひとつでよろこんだり傷ついたりするような、そんな弱い恋だから。

「知ってる？　はじめてここで会ってから、もう丸三年も経ったんだ」

侑弥の頬を染めるオレンジ色がもう消えそうなほど弱い。

「そうだっけ？」

なんて。傷つかないように予防線を張る自分が、私は嫌い。

「俺さ、たまに思うんだ。実は、七海は幽霊なんじゃないかって」

「ちょっと、それはひどくない？」

「冗談だよ。でも、ちょっと本気だったりもする」

おどける侑弥に少々の反撃を試みたくなった。

「それを言うなら私だって同じ。侑弥こそ幽霊みたい。週に二回だけ現れる幽霊とふたりでいる気分になるときがあるもん」

触れては消えてしまう幽霊。決して触れ合うことのない関係なら、これからは幽霊だと思うようにしよう。

密かな誓いを立てる私に、侑弥は「あのさ」と言った。急に空気が変わるのを感じ、横顔を見ると彼はもう笑っていなかった。

「七海に言わなくちゃいけないことがあるんだ。それもふたつ」

「ふたつ……」

間の抜けた声でカラスが鳴き、少しだけ笑った侑弥が私を見た。

「悪いニュースともっと悪いニュース。どっちから聞きたい？」

ドキドキと胸が高鳴り、痛みに変換されていく。

なにかよくないことが起きて、それを伝えるために冗談を言っていたんだと知った。

「……いいニュースはないの？」

なんとか言葉にすると、ひどく口のなかが苦く感じる。

「残念ながら」

「じゃあ、悪いニュースからお願いします」

姿勢を正す私に、侑弥はしばらく黙った。もうカラスは鳴かない。

「実はさ、引っ越しをすることになったんだ」

最初はその言葉の意味がわからなかった。

「引っ越し……」

機械的にくり返す私に、侑弥はベンチの背もたれによりかかって顔ごと空に向けた。

「笑えるだろ？　受験生だってのに、今のタイミングで引っ越しだよ。しかも、東京」

「そう、なんだ……」

「もとの家に戻るだけなんだけどさ。まあ、転勤族だから仕方ないけど、いきなり辞令が出たらしくて、ほんとまいっちゃうよ」

笑え、と自分に指令を出してもこわばった顔は動いてくれなかった。息を吸ってもちっとも酸素が入ってこなくて、むしろ苦しい。

「それで……いつ引っ越すの？」

こわばった声をごまかしながら尋ねると、侑弥は視線だけ向けてきた。

「来月中には終わらせるみたいで、荷造りがはじまったところ。五月からは新しい高校に行くみたい」

他人ごとのように言ってから、

「参るよなあ」

と眉をひそめた。

「急なんだね」

なんとかそう言えた。泣けない自分をこれほどありがたいと思ったことはない。侑弥はきっと、私が平気な顔をしているように見えているはず。

「運命を呪うよ。昔から転校ばっかりだから仕方ない。そのくせ親は、『家族は一緒にいるべきだ』って当然のように言うんだぜ」

夕焼けが消えていく。紫色を強めていく空には、名残惜しそうにまだ白い雲が流れている。

——侑弥がいなくなる。

私の片想いは、これで終わりを迎えるのかな……。いや、きっと違う。

これからはひとりで、ここで彼のことを想い続けるんだ。

やだな。恋ってこんなにも苦しいばっかりなんだ……。だとしたら、もっと自分から話しかければよかった。そうすれば、侑弥の悪い部分も知れただろうし、嫌いになれたかもしれない。

「もうひとつのほうなんだけど」

侑弥の声に思考を中断した。そうだった、もうひとつ、もっと悪いニュースがあるんだった。

「うん」

うなずきながら心の耳を塞ぐ。もうこれ以上、聞きたくないよ。

侑弥はベンチの前にある手すりに進むと腰をおろした。暗くなっていく世界では、彼がどんな表情をしているのかわからない。

数秒の沈黙のあと、侑弥は言った。

「七海のことが、好きなんだ」

＊

話し終えるころには、真昼だというのに白い息が口からこぼれていた。

まるで真冬の公園にいるみたいに寒い。小刻みに震える体を両腕で抱く私に、シロはやっぱり涙をこぼしている。

「ひどい。その人、ひどいよ」

「やっぱりそう思う？」

「だって、もうすぐ会えなくなるのに告白するなんて、あんまりだよ」

シロはやさしいな。私の気持ちを代弁して、涙まで流してくれている。

私には言えなかったし、できなかったことばかり。

「でも、うれしかったんだ。好きだった人に好きだと言ってもらえたことが、本当にうれしかった」

「それでつき合うことになったの？」

「ううん。返事をする前に、死んじゃったから……」

「あ、だから『恋人になるはずだった人』って言ってたんだ」

話がつながったのだろう、シロは目を丸くしている。

うれしかったのに、あのとき私は返事を保留にしてしまった。この町からいなくなってしまう侑弥とつき合ったりしたら、絶対に苦しくなるってわかっていたから。

「ねえ、クロ。侑弥に会うことが未練だとしたら、告白の返事をちゃんとするってことだよね？」

「知らん」

あくまでそっけないスタンスを崩さないクロ。

果たしてそんな勇気が出るだろうか……。

告白の返事をすることが未練だったとしたら、答えはいやおうなしにNOになってしまうだろう。だって、もう彼の恋人にはなれないのだから。

クロがゴホンと咳ばらいをした。

「しかし、稀《まれ》なケースでは、相手も幽霊だったというのもあるぞ」

「え？」

「その侑弥ってのが死んだ人間ってことだ。そもそもここでしか会ったことがないんだろう？」

「そうだけど……」

「だったら侑弥が死んでいることを願うんだな」

それはいくらなんでも非現実すぎる。って、今の状況も同じか……。

たしかに侑弥は不思議な人だった。向こうも同じで、お互いに幽霊疑惑さえ抱いたほどだった。

侑弥が幽霊だったら私はうれしいのかな……？

「そんなふうには願えないよ。だって、自分が死んでしまったとしても侑弥には生きていてほしいもん」

「そっか。まあ、案内したリストにはないから生きているんだろうけどな」

「なによそれ。だったらそんな可能性の話をしないでよ」

意味がわからない。

するとクロは意外そうに眉間にシワを寄せた。

「俺はただ元気づけてやろうと思っただけだ」

「余計に落ちこむって」

はいはい、と肩をすくめるクロ。

気づくと口から白い息は出ておらず、気持ちが落ち着いてきているみたい。

「でも、元気づけようとするなんて、クロってほんとは感情があるんじゃないの？」

「ない。絶対にない」

断固として拒否を示してからクロは右手をあげた。すぐに生まれた煙に包まれながら、

「ほかの仕事をしてくる。逃げるなよ」

そう言い残して消えた。

なによ、言うだけ言ってすぐにいなくなるんだから。

「七海ちゃん、とりあえずここで待ってる？　それともほかの未練も探す？」

散歩に行く犬みたいにワクワクした顔をしているシロを改めて眺める。

「シロは感情の塊みたいな感じだね。そのうち、クロみたいになるの？」

クロがよくするムッとした顔の真似をしてみせると、コロコロとシロは笑った。

「すごく似てる！」

「でしょ。ポイントは冷めた目をすることだよ」

「おもしろい。クロさんは冷静でかっこいいけど、僕は、自分の感情をなくさないよ。だって、僕は僕だし」

自信たっぷりなシロに安心した。

「よかった。シロは今のままがいちばんだと思うよ」

まぶしい光を手で遮りながら、公園を出る。

「まだ夕方までは時間があるし、総合病院へ行ってみる」

「どこに行くの？」

「ソーゴービョーイン？」

「総合病院。おばあちゃんが入院してるの。ほら、私、勝手におばあちゃんが亡くなったって勘違いしたでしょう？　おばあちゃんに会うのも未練のひとつかもしれないし」

口にしながら考えがまとまる感じ。死んでからは行動をしながら考えることが多くなっている気がする。

けれど、シロは「うーん」とうなって足を止めた。

「まずは侑弥さんのほうに集中したほうがいいんじゃない？　ふたついっぺんにやる

とうまくいかないかも」

珍しく真剣な口調に首をかしげると、

「あ、今のは僕の意見だから。七海ちゃんの好きなようにしていいよ」

慌てて取り繕うようにシロは右手を横にブンブンと振った。

「たしかにそれも一理あるね。昔からいっぺんにふたつのことできなかったし」

「でしょう」

ニコニコ顔に戻ったシロはあからさまにホッとしている。なにか隠しているような気がするけれどそれを指摘するのもはばかられ、また歩きだした。

いつだって本当に言いたいことは言えない。嫌われたくなくて、明るい七海を演じてばかりだった気がする。

侑弥のこともそうだ。今、会えたとして、私はどんな返事をするのだろう。こんなことになるなら、もっと彼と話しておけばよかった。

ああ、また気持ちが重くなってくる。お母さんとケンカしたときや、テストの結果が悪かったりクラスで嫌なことがあったとき、こういう気分になることがあった。

このまま暗い気持ちにのみこまれるのは嫌だ。

こういうとき、私は……。

「ちょっと家に戻ってみる」

そう言った私に、

「え!?」

シロは短く声をあげた。

「大丈夫、家には入らない。ハチと散歩したいだけだから」

そうだよ。ハチと一緒なら気持ちも明るくなれそう。姉弟みたいに育ったハチにはいつも慰めてもらっていたから。

「でも……。ハチは本当の未練の相手じゃないでしょう?」

表情を曇らせるシロに構わず、足を家の方向へ向けた。

「ハチの体はまだ光っているんだよ? 未練を解消していないわけだし、違う散歩コースに行ったりしてみるのもいいかも。案外、私の体も光っちゃうかも」

「大丈夫かなあ。ヘンな地縛霊に絡まれたりしたら困るよ」

案外シロは心配性なのかもしれない。

「そういうときのためにシロがいるんじゃん」

「言ってなかったっけ? 僕、一緒には行けないんだよ」

「え、そうなの?」

足を止めると、シロがパタパタと近づいてきた。

「だから心配。できれば、公園で昼寝とかしててほしいんだけど……」

シロの気持ちはわかるけれど、もう心はハチに会いたい気持ちで満たされている。

説得をくり返し、最後は半ば強引に私は家へ向かった。

昼間に散歩なんて珍しいから、きっとハチはよろこんでくれるはず。疲れたハチがギブアップするまで、思いっきりハチと走り回ろう。


「――ギブアップ……」

息も絶え絶えに宣言しても、まだハチはリードを体ぜんぶの力を使って引っ張ってくる。

「お願いハチ、止まって！」

叫び声をあげるとようやくアスファルトに転がっている私に気づいて戻ってきてくれた。

はあはあ、とあえぐばかりで空気がうまく吸いこめない。

「ごめんね。なんでだろう、全然走れない」

散歩をはじめて一分くらいで、すでに兆候はあった。やけに息が苦しいのだ。テンション高く走るハチについていくのがやっとで、最後は引きずられるように走っていた。

未練解消のタイムリミットが近づくにつれて体が重くなっている。もうこれは間違いのない事実だろう。だとしたら、あの公園に戻ったほうがいいのかもしれない。ハチを見ると、うれしそうに尻尾を振っている。茶色の体からはまだ薄く光が放たれていた。

「ハチ。君との未練はなんだったんだろうね……」

そんなこと言われてもわかるはずもなく、ハチはぴょんと前脚を私の肩にのせてきた。

ひょっとしたら、これがハチに会える最後なのかもしれない。

抱きしめようとするが遊んでくれると思ったらしく、うしろにジャンプして前かがみの姿勢をとっている。

誰かとの別れはいつだって悲劇なのかもしれない。そんなことを思った。さよならを言うことも思いを伝えることもできずに永遠に切り離される。

お母さん、お父さん、愛梨、そして侑弥とも、ちゃんと別れを言えずに私は死んでしまった。この未練解消は、後悔を消してあっちの世界へ行けるように、神様がくれたチャンスなのかもしれない。

だとしたら、私は大事な人たちになにを言えばいいのだろう。

侑弥に会えるのはうれしいけれど、そのぶんもっと悲しくなる。

だけど、未練を解消するのは自分のためだけじゃなく、残された人たちのためでも勇気のかけらが見えればいいのに。それなら、必死で磨くだろう。もしくは、人間みたいに成長していくものならいい。たくさん食べれば勝手に大きくなるだろうから。

「今さら、だよね」

つぶやけば息が冷たくなっているのがわかった。ようやく近づいてきたハチの頭をなでる。

「ハチ、ありがとう。たくさん元気をもらえたよ。先に死んじゃってごめんね」

心から感謝を伝えるけれど、私の体はやっぱり光らなかった。

高台の公園に着いたのは夕暮れが空を濃く色づかせるころだった。

やはり体力が落ちているらしく、坂をのぼるのに時間がかかってしまった。焦るほどに息が切れ、途中で何度もあきらめそうになった。

「クロ！　シロ！」

何度ふたりを呼んでも、姿を見せてくれない。こういうときこそいるべきなのに、と逆ギレをしても仕方ない。

ああ、シロの言うことを聞いて、素直に公園で横になっていればよかった……。

公園の入り口にある黄色い鉄製のポールに手をついたときだった。視線の先に太陽がふたつ浮かんでいるように見えた。

……なんで？　疲れているせいで目までぼやけているのかもしれない。

よく目をこらすと、それは侑弥だった。オレンジの世界に負けないほどの強い金色の光が、侑弥を包んでいる。

「侑弥……」

つぶやいても聞こえるはずもなく、彼は私に背中を向けて立っていた。

いつも見ていたうしろ姿をぼんやりと眺めていたけれど、

「いけない」

やっと我に返ると同時に走りだしていた。砂利を蹴る音が響き、侑弥が振り向く。

その目が私を認めて大きく見開いた。

「え……七海？」

「侑弥！」

気持ちが前を走るようだった。もつれるように駆け、その胸に抱きつくのに勇気なんていらなかった。侑弥はギュッと私を抱きしめてくれた。

「……よかった」

私が好きだった甘い声が耳元で聞こえた。

「侑弥、ごめんね……」

「急に来なくなるから心配したよ。なにか病気にでもなったんじゃないかって――」

くぐもった声に目を閉じた。

そっか……。侑弥は私が事故に遭って死んだことを知らないんだ……。

昼間にクロが冗談で言った〝侑弥が幽霊〟という仮説を信じたくなってしまう。

もしもそうなら、これからも一緒にいられる。こんな悲しい気持ちにならなくて済むのなら……。

――違う。

侑弥がこれからも生きていくためにさよならをするんだ。それが私にできる最後のことなんだから……。

ゆっくり体を離すと、侑弥はホッとしたように目じりを下げていた。

「なんだか、俺、安心して倒れそうだ」

「本当にごめんね」

いいよ、と侑弥が私の手を引いてベンチに腰をおろした。隣に座り、静かに呼吸を落ち着かせた。

侑弥になんて説明すればいいのだろう。

けれど、侑弥はうれしそうに人差し指を空に向け、指先までオレンジに染まるほどの空に目を細めた。

「今日の空は美しいね」

「あ、うん」

「はじめて会った日みたいだ。月まで浮かんでいるよ」

存在感を強めている月が東の空にあった。

「ねえ、侑弥。私ね——」

「俺のせいだよね。ごめんな」

遮る言葉に横を見ると、侑弥は薄く笑って目を伏せた。

「俺が告白したから、会いにくくなったんだろ？」

「ちが……」

「バカだよな、俺も。引っ越しの話をしてから告白するなんてさ」

おどける彼に首を必死で横に振った。

違うんだよ、侑弥……。

「でも本気なんだ。返事がNOだったとしても夕日仲間のままでいてほしい。それを伝えたかった」

まっすぐ私を見つめる侑弥を見ることができない。

でも、ちゃんと自分の答えを伝えなくちゃ。そのために私はここに来たんだから。

ゆっくりと視線を落として、私は口を開く。

「あのね……いいニュースと悪いニュースがあるの。どっちから聞きたい？」

少し瞳を開いた侑弥が、

「これはまずい展開だ」

とため息をついた。少し悩むように宙を見てから、侑弥はペコリと頭を下げる。

「いいニュースからでお願いします」

「うん」

すう、と息を吸いこむ。大丈夫、もう苦しくない。侑弥がこれからも生きていけるようにちゃんとお別れを言葉にしなきゃ。

「私も侑弥のことが好き。侑弥が想ってくれるずっと前から好きだった」

「え……」

「だけど、口にすると会えなくなりそうで言えなかった」

何年も前からずっと好きだった。何度もうしろ姿に告白していたんだよ。顔を合わせると言えないことでも、その背中には言えたんだ。

「マジかよ。ああ、それってめっちゃいいニュースだ」

うれしさをかみしめるように握り拳を作る侑弥。

本当は泣いてしまうかも、と思っていた。だけど、やっぱり私は泣けない。

この間、久しぶりに泣いたせいで涙が枯れてしまったのかな……。

「でも俺のほうが前から好きだったと思う」

突然、侑弥がそんなことを言った。

「え、それはないよ」

「あるって！」

「ない」

ちゃんと訂正しておかないといけない。最初に好きになったのが私なのは間違いないこと。けれど、侑弥は「だって」と目線を逸らした。

「はじめて会った日からだし」

「……え？」

「だからうまく話せなくなったんだよ。七海はあまりおしゃべりじゃないし、嫌われたくなくってさ……」

ポリポリと頭をかきながら侑弥はボソボソと言った。

じゃあ、私たちはとっくに両想いだったんだ……。何度も悩んで、会うとうれしくて、ひとりになるとさみしい毎日を彼も過ごしていたんだ。

「もっと早く告白すればよかったのにごめんな」

「ううん、私こそごめん」

でもきっと、これでよかったんだと思えた。侑弥のことで悩んだ毎日は苦しかったけれど、両想いになっていたなら自分の死がもっと受け入れられなかったと思う。

そこまで考えて、ふと気づいた。

「これからも夕日仲間、って言ったよね？　侑弥、引っ越しをするんでしょう？」

六月からは東京で新しい高校に行くはずじゃ……。

「いや、結局ここに残ることにしたんだ」

あっさりとそう言う彼に青ざめる。もしかして、私のために……。

「大丈夫」

心配を先読みしたかのように侑弥は口を三日月にして笑った。

「母親がブチ切れてさあ、あのあと大変だったんだよ。父親に『あなただけ行ってください！』って言い出してさあ。なんかずっと我慢してたみたいで、あんまり怒ったところ見たことなかったからびっくりしたよ」

「そ、そうなんだ……」

「それで、俺が大学に行ったら、母親は東京に戻るってことになったんだよ」

だとしたら、侑弥はこの町に残ってくれる。

でももう、私はいない。私がいない毎日を侑弥は過ごしていくんだ……。それは彼に新たな悲しみを与えることになってしまう。

急に息が詰まる感覚に襲われ、次に口を開いときには瞳から涙がこぼれていた。意図しない涙に自分でも驚いてしまう。

「え、どうかした？　泣かないで」

侑弥の声が届いても、涙が止まらない。誰かが私のせいで悲しくなることが、こんなにもつらい。

「ごめんね。ごめんね……」

「これからも一緒にいられるから大丈夫だよ」

安心させるように八重歯を見せて笑う侑弥に、キュッと唇をかんで涙を止めた。

言わなくちゃ。今、言わなくちゃ……。

「悪いニュースをお伝えします」

震える声に侑弥が首をかしげた。

「私は、もうこの世にはいないの。死んじゃったんだって」

笑おうとした侑弥が、口を〝は〟という形に開いたまま固まった。

「……やめてくれよ。そういうの、好きじゃない」

けれど、侑弥の瞳は不安げに揺れ動いていた。私の体の輪郭が薄いことにもようやく気づいたみたいで、腕を髪を、頬をそっとさわってきた。

「事故に遭ったの。だから、会いに来られなかった。ちゃんと返事をしたかったのにできなかった」

「嘘だろ。やめてくれよ」

「侑弥との未練解消が終わったら、私はあっちの世界に連れていかれ――」

「やめろよ！」

涙を瞳にあふれさせて叫ぶ侑弥。きっと彼は、本当のことだと理解している。そう、思った。

「なんでだよ。やっと、やっと……」

涙にむせぶ侑弥が私の手を握った。もう侑弥の体から生まれる光は弱く、今にも消えてしまいそう。自分の体を見おろしても、薄い輪郭があるだけで光ってはいなかった。

「なあ、どうすればいい？　どうすれば七海を助けられる？」

抱きしめられるままに、侑弥の肩にあごを置いた。

「侑弥、最後に会ってくれてありがとう」

「嫌だよ。なんで……」

背中に手を回し、一度だけ力をこめた。神様、私に勇気をください。

「……………」

「侑弥にはこれからも生きてほしい」

「私がいない世界でもちゃんと毎日を送ってほしい。もう一緒に夕日は見られないけれど、美しい夕焼けを見たら……たまに思い出して」
子供のように首を振る侑弥。彼がこれからも生きていけるといいな。
八重歯を見せて笑う彼が好きだった。
やさしくて、空を愛おしそうに見る顔が好きだった。
ずっとずっと、好きでいられると思っていた。
けれど、最後の瞬間は自分で決めなくちゃいけない。
「侑弥、ありがとう。さようなら」
その言葉を口にしたと同時に、侑弥の手が私の体をすり抜けた。
「え……」
侑弥が戸惑ったようにつぶやいて、そのまま自分の手のひらを眺めている。
隣にいるのに二度と会えない人。
でも、不思議と涙はもう出なかった。
伝えたい気持ちを伝えられた充足感とともに、急に体が鉛《なまり》のように重くなっていた。
侑弥は涙を拭うと、やがてゆっくりと空を見あげた。
「美しい夕焼けだなあ」
そう言った顔に私は答える。

「本当に美しいね」

と。

やがて消えた夕日のあたりを眺めながら、侑弥は帰っていった。

抗えない眠りに目を閉じてもまだ、夕焼けがまぶたを照らしている気がした。

第六章　本当の涙、本当の未練

総合病院の受付カウンターそばにあるソファで、さっきから行き交う人を眺めている。

名札をつけたスタッフは早歩きで通り過ぎ、お見舞いに来た人はうつむき加減で歩いていく。

おばあちゃんのお見舞いに来たときの私もそうだった。入り口の自動ドアが開くと、病室に着くまで無意識に息を潜めていたっけ。

隣ではシロが珍しそうにキョロキョロと病院内を眺めている。

「なんか広いねぇ。僕の知っている病院とはずいぶん違う」

「そう?」

「病院って、怖いところでしょう? いつも混んでてたくさんの人がいて、先生は無理やり注射をする、みたいな」

ブルブル体を震わせるシロに、ようやく少し笑えた。きっと元気づけようとしているんだな。シロは本当にやさしいのに、反面クロは……。

「なんだ?」

向かい側のソファで足を組んでいるクロがギロッと見てきたので、

「なんでもない」

と答えておいた。

侑弥との未練解消を終えてもまだ、私はあっちの世界に行けないまま。結局、侑弥も本当の未練解消の相手じゃなかったんだ。

いくら考えても思いつかない本当の未練。残る選択肢は、入院しているおばあちゃんくらいなもの。

総合病院に来たのはいいけれど、体が重くて休憩していたところだ。

「そろそろ行かないと日が暮れるぞ」

立ちあがるクロに反抗する元気もなく、起きあがった。すぐにシロが体を支えてくれる。

「大丈夫？　今日はもうやめたら？」

「アホ」とクロがすかさず鋭く言った。

「あと五日しかないんだぞ。未練解消できなかったらどうするんだ」

「でも……」

不安げなシロが、

「ねえ、本当におばあちゃんに会うの？」

私に尋ねてきたのでうなずく。

「おばあちゃんには会いたいし。それに、本当の未練がなにかも知りたいから」

地縛霊になれば大切な人たちに迷惑をかけてしまう。それだけは絶対に嫌だ。

「シロ、お前はさっさと仕事に行け」

「……僕も行きたい」

「ダメだ。そういう約束だろ？」

有無を言わさずクロは私の手を引っ張って歩きだす。振り返るとシロが捨てられた犬みたいに悲しい瞳で見送っていた。

そういえば、前におばあちゃんに会いたいと言ったときも反対していたっけ。

クロとふたりでエレベーターに乗りこみ、おばあちゃんが入院している九階のボタンを押す。音もなく扉が閉まり、浮遊感を伴いながらエレベーターは上昇していく。

「シロはおばあちゃんに会ってほしくないのかな」

聞こえているはずなのに、クロはなにも言わずにじっと前を見つめている。

扉が開くと、細長い廊下が続いていた。すぐにおばあちゃんの部屋が思い出される。

「久しぶりだな、ここ……」

死ぬ前は忙しくてお見舞いに来ていなかった。いつだって行けると思って、あとまわしにしちゃっていたんだ。

後悔のあと、ふと気づく。

「そういえば、私が死んだ病院ってここじゃなかったよね？」

「……ああ」

あのときはおばあちゃんが亡くなったものだと思いこんでいたけれど、壁の色や照明がまるで違う。

「私はどこで……」

言いかけてすぐに口を閉じた。なにか、忘れているような気がする。

記憶のなかを覗いても、その断片は見つからない。同時に頭痛が生まれ、足を止めて目をキュッとつむった。

思い出せないなにかは、ひょっとしたら自分で思い出さないようにしているのかもしれない。

ふいに肩に重みを感じて目を開けると、クロの大きな手が置かれていた。

「今は集中しろ。これから起きることを、ちゃんと受け止めるんだ」

見あげると、クロはまっすぐにおばあちゃんの部屋に視線を向けていた。

嫌な予感がする……。とんでもない想像がじわじわと頭に浮かび、その形を現している。

予感は口にすれば本当のことになってしまいそう。それでも、尋ねずにはいられなかった。

「ひょっとして……。おばあちゃんも……亡くなっているの？」

シロは病院に行かせたがらなかった。ううん、それだけじゃない。

「侑弥や愛梨は？　私が会った人たちはちゃんと生きているんだよね？　まさか、本当はみんな亡くなってるとか、そんなの……ないよね？」

実はみんなも亡くなっている。それなら、これだけ探しても未練が見つからない理由が説明できる。

私が会ったのは、彼らの未練解消のためだったとしたら……。

震えているのは寒いからだけじゃない。恐怖がどんどん体を覆っていく、そんな感覚。どうしよう、もしもそれが本当なら、どうすればいいの。

「泣かないんだな」

気づくと肩に置かれた手はなく、クロは数歩先にいた。

「泣かないってどういう意味？　そんなこと今、どうでもいいじゃん」

「どうでもよくないんだよ」

「じゃあ教えて。あいまいなことばっかりでわからないよ。ちゃんと教えて。ねえ、教えてよ！」

なにがどうなっているのかわからない。でも、違和感があるのは本当のこと。クロもシロもなにかを隠しているんだ。

キッとクロをにらむけれど、意外にも目の前にあったのは笑顔だった。

「お前は、本当にくだらない想像ばっかりしてるな」

「……違うの？」

クロは笑みを浮かべたまま私に近づくと、首を横に振った。

「昔な……。今お前が言ったような未練解消をやったことがある。ピーピー泣く女子で大変だった。あんな思いはもうごめんだ。安心しろ、お前の予想は間違っている」

「みんな生きているんだね。よかった……」

はあ、と心から息をつく私に、クロは腕を組んだ。

「お前の祖母は元気な姿で部屋にいる。退院も決まったそうだ。寿命はまだまだ残っている」

「じゃあなんで、あんなこと言ったのよ」

これから起きることを受け止めろ、なんて言われたら誰だって悪い想像しちゃうじゃん。

なにも言わないクロの横をすり抜け、部屋の前に立つ。

おばあちゃんに会えるんだ。

ノックを三回してからドアを開けると、おばあちゃんがベッドの上に座り本を読んでいた。

ああ、会えた。おばあちゃんに会えた。病院着にカーディガンを羽織り、丸メガネをかけている。

「おばあちゃん」

驚かせないようにそっと声をかけて近づく。前よりも顔色がいいし、腕につながっていた点滴も外されたみたい。

「おばあちゃん、私が見える？」

ベッドの横に立つけれど、おばあちゃんはじっと本を読んでいるだけ。

「おばあちゃん？」

何度呼びかけても反応がない。

よく見ると、おばあちゃんの体からは光が出ていなかった。

「え……」

触れようとすると、あっけなく私の手はおばあちゃんの体をすり抜けた。

「見ての通りだ」

うしろでクロがそう言う。

「七海の未練のなかにその人は入っていなかった、ということだ」

「そんな⁉」

もう一度おばあちゃんを見る。大好きだったおばあちゃん。入院したときは本当に心配したし、ずっと元気になることを祈っていた。

それなのに……未練じゃないの？

窓辺に立つクロが、

「受け止めろ」

そう言った。

「未練は、七海が最後に思った後悔のこと。つまり、最後にお前は祖母のことを考えていなかった。それだけだ」

「でも、でもっ！」

すがるようにクロのスーツの袖をつかむ。

「今はすごく会いたいって思っているよ。なのに話もできないの？　さよならを伝えられないの？　会えないの？　もう二度と会えないの？」

「そういうことになる」

「ひどいよ！　こんなのひどすぎる！」

悔しくて悲しくて、それでもどうしようもないなんて……。

「七海、聞け」

「嫌！　聞きたくない！」

顔をそむける私の頬をクロは両手で挟んで、その顔を近づけてきた。

「いいからよく聞くんだ。人間てのは愚かな生き物だ。失ってからはじめて後悔をする。その後悔にも優先順位があり、漏れた後悔にすら後悔する」

「…………」

「だったらなんで生きているうちに後悔を減らそうとしなかった？　生きていれば、いつでも大切な人に大切だと言えたはずだろう。〝忙しい〟〝眠い〟で、あとまわしにしてきた〝いつか〟を嘆くのはよせ。ぜんぶ、お前自身が選択してきたことなんだよ」

じっと見つめるクロに、

「息ができない」

そう言うと、やっとクロが手を離してくれた。

はあはあ、と息を吐きながらおばあちゃんを見る。

クロが言っていることは正しい。ここに来なかったのは私の意思だ。

おばあちゃんだけじゃなく、お母さんにもお父さんにもちゃんと話をしてこなかった。気持ちを伝えていなかった。

そばにいる人のことを、いて当たり前だと思っていたのは、まぎれもなく私自身なんだ……。

「もっと早く気づけばよかった」

おばあちゃんのベッドのそばに行く。いつの間にか増えているシワ、腕には点滴のあとが内出血を作っている。

「おばあちゃん、私が死んだこと知っているのかな……」

「いや、知らない」

クロの声に視界が潤んだ。

「おばあちゃん、知ったらきっと悲しむよね。かわいそう……」

熱い涙が頬を伝った。

おばあちゃんだけじゃない、私の死により、たくさんの人を悲しませてしまった。

みんなの気持ちを考えるほどに涙はどんどんあふれてくる。

「なあ、七海」

「……うん」

「前に〝本当の涙〟の話をしたのを覚えているか？」

「ああ、有希子さんの未練解消のときだよね？」

涙を拭いながら答えると、クロはそうだというふうにうなずいた。

「お前はまだ本当の涙を知らない」

「こんなに悲しいのに？」

洟をすすって尋ねた。本当の涙ってなんだろう？

「でも、前までは全然泣けなかったんだよ。未練探しをはじめてからは一生分泣いた気がしているのに」

ずっと泣けない自分がいた。最近は悲しいことばかりで、勝手に涙が出るようになっている。そんな自分に少しホッとしていたのに、「違う」とクロはまた否定した。

「七海は、誰かのために泣いているだけだ。愛梨や侑弥、そしてこの人のことが心配で泣いている。本当の涙というのは、自分のために泣くことだ」

「自分のために……？」

言われて気づく。この一カ月半、泣くときはいつも目の前にいる人の気持ちに同化していた。

「人のために泣けることはすばらしいことだ。だけど、もっと自分のために泣けるようになれ。それが、本当の未練を見つける手がかりになるはずだ」

不思議だった。クロの言葉にすんなり納得している自分がいた。

自分のために泣くなんて考えたこともなかった。

「クロ、ありがとう。少しだけすっきりした気がする」

「な……。別に、たいしたことは言っていない」

口に拳を当ててそっぽを向いたクロが、

「ちゃんとお別れをしろ」

そう言って、足早に部屋を出ていった。

照れているのかな……。クロは自分で感情がない、なんて言っていたけれど、本当はやさしい人だと思った。

　ノックの音がした。

「はい、どうぞ」

　おばあちゃんが答えると、姿を見せたのはお母さんだった。うしろからお父さんも入ってくる。

「こんにちは。お義母《かあ》さん、いよいよ退院ですね」

「そうだね。なんだか今すぐにも帰りたいよ」

「あらあら」

「帰ったら庭の手入れをしないとね。夏野菜は無理でも秋のものはまだ間に合うだろうし」

　パタンと本を閉じたおばあちゃんに、お父さんがため息をついた。

「そんなこと言ってるから、すっ転ぶんだよ」

「うるさいね。あれは足が滑ったんだって何度も言ったろ」

　強気なおばあちゃんに思わず笑ってしまった。

　未練解消の相手じゃなかった三人が集まったことにも意味がある気がした。

　楽しそうに話をしているみんなに向かって、私は頭を下げた。

「おばあちゃん、私、全然お見舞いに来れなかったね。本当にごめんなさい」

気持ちを言葉にするなんて、普段の生活ではできなかった。ううん、しようとしなかった。

「お母さん、ワガママばかりでごめんね。でも、お母さんのこと大好きだったよ」

黙っていても家族なら気持ちは伝わるって思いこんでいた。でも、きっと違う。

「お父さん、いつもかばってくれてありがとう。そっけない態度ばかりしてごめんなさい」

言葉にすることで伝わることがあるんだ。

いろんな『ごめんなさい』があふれてくるのがわかる。じんわりと熱くなったお腹から、感情があふれている。

喉元を通った悲しみは、顔の温度をあげ、涙になった。

「私、幸せだったよ。先にいなくなってごめんね。そして……ありがとう」

こんなに悲しい気持ちは感じたことがなかった。いつも強がりばかりで、友達の前でも強がって、いろんなことに興味のないフリをして……。

私はバカだ。今さら後悔しても仕方ないけれど、涙が止まらないよ。

自分のために泣いても、いいんだよね？

私はこの世にいない。もう、二度と『ありがとう』や『ごめんなさい』を伝えられないんだ……。床に倒れるように崩れ、声をあげて泣いた。

どれくらい泣いていたのだろう。

「だからさあ」

お父さんの声にやっと我に返った。そろそろ行かないとクロが怒ってしまいそう。

立ちあがると、あんなにあった体の重みがすっかり消えていた。

「え……なんで？」

まるで生きているときのように腕も足も、体ぜんぶが軽い。それだけじゃない、モヤモヤしていた気持ちもどこかへ吹き飛んだみたい。

やっぱり泣くことって大切なんだ……。

「何度も言ってるだろ？　うちに来ればいいんだって」

「あーうるさい。そんな話をしに来たなら帰っていいよ」

おばあちゃんの怒った口調に噴き出しそうになった。

お父さんがお母さんとアイコンタクトを取るのがわかった。選手交代らしく、お母さんが「でも」と口を開いた。

「やっぱり心配ですから。少しだけ考えてみてください。あ、おまんじゅう買ってきたんですよ」

「食べ物でつろうたってそうはいかないよ。でも、一応いただこうかね」

ふふ、と笑いながらもう一度頭を下げた。

「行ってきます」

返事はなくても、これまでとは違う。いつか、また三人に会える日は来る。

――あっちの世界で待っているからね。

病院を出ると、空には今日も夕焼けが広がっていた。まだ薄いオレンジ色が、これからどんどん深まっていくのだろう。

駐輪場のそばでクロは待っていてくれた。

「待たせてごめんね」

「いや、別にいい」

そっけなく言ってから、クロは私をまじまじと見た。

「なんか元気になったみたいだな」

「自分のために泣くってすごいね。すごくすっきりした気分」

歩きだすクロについていく。ああ、やっぱり体がすごく軽い。

「なんだか生まれ変わった気分だよ」

不謹慎なジョークにもクロは振り返らずに歩き続けている。

未練解消の期限まであと何日あるのだろう。今なら本当の未練を見つけられる気がした。

やがて、高校の建物に着くけれどクロは足を止めることなく校門を通り過ぎた。

「え、保健室じゃないの？」

尋ねてもまるで無視。足が長いクロについていくのも、今の私には余裕だった。

やがて大きな橋が見えてくる。

「あ……ここって」

私が事故に遭った交差点に向かっているんだ。

どういうこと……？

今でも車に轢かれた瞬間のことは覚えている。

思い出したくない最後の記憶。

少し肌が汗ばんでいるのは、緊張のせいだろう。

橋を渡り切った交差点でクロは足を止めた。

やっぱり、ここに連れてきたんだ……。

「本当の未練を思い出させるために連れてきたの？」

「いや」

振り向いたクロが短く否定した。しばらくの沈黙のあと、クロはなぜか唇に笑みを浮かべていた。

「七海、よくがんばったな」

「……え？」

意味がわからずキョロキョロする私に、クロは一歩近づいた。

「この一カ月半の間、いろんな未練の相手に会ったよな」

「あ、うん……」

「あとはここでなにがあったかをちゃんと思い出せば終わりだ」

「だから、本当の未練のことでしょう？」

言っている意味がわからずに聞き返すけれど、クロはまた首を横に振った。

「そうじゃない。あの日、なにがあったのかをちゃんと思い出してほしい。そうすれば、お前の苦しみは終わるだろう」

「……ごめん。ちょっと混乱してる」

素直にギブアップ宣言をするけれど、クロはふっと笑いをこぼすだけ。

「あと一歩だ。どんな手を使ってもいい。自分で最後の記憶を取り戻せ」

「それって――」

口を開くと同時にクロは右手をあげた。すぐに白い煙が彼の体を包む。

「ちょっと待ってよ。全然、意味がわからないよ」

「その場所で待っているから」

そう言うと同時にクロの体は消えてしまった。残った煙もすぐに空気に溶けてしまう。

「なに、今の……」

しばらくは呆然《ぼうぜん》と立ち尽くしていたけれど、だんだんムカついてくる。

勝手に言うだけ言っていなくなるなんてひどすぎる。ほんと、クロとシロには振り回されてばかりだ。

『よくがんばったな』

そう言ってくれたクロはうれしそうでいて、どこか悲しそうに思えた。

改めて交差点を見ると、事故に遭ったときのことは容易に思い出せる。

その記憶自体が間違いってことなのかな。ううん、そんなはずはない。車のブレーキ音も、運転手の驚いた顔も、倒れたアスファルトの冷たさもぜんぶリアルだった。

薄暗くなった世界に、横断歩道の信号が点滅をはじめた。行き交う車もライトを点灯しだしている。

「あれ……」

そもそも、あの事故の日、私はどうしてここに来たのだろう？

公園で夕日を見たあとに来たのかな……？

いろんな記憶を当てはめてみると、どれもしっくりこない気がした。

記憶のフタを開けるにはどうすればいいのだろう。まるで思い出すことを拒否しているみたいに、記憶のピントがうまく合わない。

信号機が青に変わった。車が停止線で停まる。車の開いた窓からラジオのニュースが流れている。

「そういえば……」

クロは、どんな手を使っても、という言葉を強調していた。それってどういう意味なんだろう。ああ、わからないことだらけだ。

しょうがない、とりあえず今日は保健室に戻ろう。

もと来た道を歩きだすと同時に、

「七海ちゃーん」

向こうからシロが駆けてくるのが見えた。

「シロ！」

ああ、私が不安になるといつもシロが駆けつけてくれる。

気づけば私も走っていた。

橋の中央でお互いにハアハア、と息を切らしてから少し笑った。

「今から帰るところなの？」

目を丸くして尋ねるシロに、私はクロが言っていたことを伝えた。シロは苦しそうに胸を押さえながら、話を聞いてくれた。

すべて話し終わった私にシロが言った答えは、

「うーん。よくわからない」

だった。

人に話すことで、自分の気持ちや考えが整理できることがある。今の私も同じ状態で、シロに話をしながら、ひとつの考えが浮かんでいた。

「クロが、思い出せないならどんな手を使ってもいい、って言ってたの。てことは、調べていいってことだよね？」

「そうだとは思うけれど、どうやって調べるの？」

まっとうな返しをするシロに、

「新聞」

と、伝える。

「新聞って読むやつ？」

「そう。あの日の事故が新聞に載っているかもしれないでしょう？　それを見れば正解がわかるかも」

「さすが七海ちゃん、それってすごくいいアイデアだよ！」

ぱあっと目を輝かせてから、シロは再び難しい顔になった。

「でも、そんな前の新聞って見られるものなの？」

高校の建物が近づいてきた。暗闇に浮かんでいるシルエットだけの校舎は、なんだか迫力がある。

「図書館とか図書室には過去の新聞を閲覧できるパソコンがあるんだよ。図書館はもう閉まっているけれど、学校のパソコンだったら電源の入れかたもわかるかも」

言いながら、それしかない気持ちになっている。校門をすり抜ける私に、シロが続いた。

「じゃあ、図書室探検だね！」

明るいシロがいれば、夜の図書室だって怖くない。

私たちは二階にある図書室へ足早に向かった。

「うえー、怖い怖い」

さっきからシロはずっと怯《おび》えた声を出している。

図書室はあまりにも暗かった。本を日に当てないように、遮光性の高いカーテンを使っているらしく、まさしく暗闇。手探りでスイッチを探すけれどなかなか見つからない。

「七海ちゃん。僕、無理だよ。幽霊が出そう！」

私も似たようなものなんだけど、そんなこと言ったら逃げちゃうかもしれない。

「待って。すぐに電気つけるから」

なんとか電気をつけると、今度はまぶしさに目がやられそうになる。シロは？と見ると、壁に向かってうずくまって震えていた。ぎゅーっと目をつむって叱られた子犬みたい。

「電気ついたよ」

「え？　あ、ほんとだ。でも、やっぱりなんか怖いね」

「すぐに調べるから待ってて」

目的のパソコンは図書室のカウンター横に置かれている。電源を入れると、ぶおんという音に続いて、ディスプレイが灯った。

「これで調べられるの？」

「うん。かなり昔の新聞のデータも入っているんだって。私が生まれた日のもあるんだよ」

「へぇー」

さっきまでの恐怖はもうないらしく、シロは物珍しげに床にしゃがんでディスプレイを見あげている。

ようやく検索画面が表示され、そこに先月の八日の日付を打ちこんだ。

砂時計マークがくるくる回ったあと、画面に新聞が表示された。

「あった」

やっと発見できたうれしさで、シロを見るけれど、

「そう」

意外にも冷静な声が返ってきた。まだピンときていないのかもしれない。

マウスを操作し、一面から順番に見ていく。けれど、隅々まで見ても、あの事故についてはは書かれていなかった。

「どうしよう、ないよ」

泣きそうになる私に、シロが「あ」と手を打った。

「死んだ翌日の新聞は？　だって事故の当日には記事は載らないでしょう？」

「ほんとだ」

ちょっと焦りが先行しすぎていたみたい。改めて翌日の日付の新聞を開く。

政治関係のニュース、爆発事故のニュースなどが載っているけれど、どれも私がもうこの世から消えたあとのことなんだ……。

マウスを操作する手が止まる。

「あ、これ……？」

十二面には地域版と記されており、この地域のニュースが載っている。その左下に【高岡橋《たかおかばし》二丁目交差点で人身事故】という記事を見つけた。

心臓が一回だけ大きく跳ね、思わず目を閉じていた。

「大丈夫？」

シロの声にうなずく。本当は大丈夫なんかじゃなかった。自分が死んだときのことを記事として読むのが怖かった。

だけど、私には本当の未練を見つけるという使命があるから。

「大丈夫。ちゃんと読むから」

ゆっくり目を開けると、私は記事を目で追った。

【高岡橋二丁目交差点で人身事故】

四月八日午後五時半ごろ。高岡橋二丁目交差点を走行していた普通自動車が、歩行中の近くの高校に通う女子生徒に衝突。女子生徒は病院へ搬送されたが意識不明の重体。運転手も軽傷を負っている。中央警察署は車を運転していた吉野正義《まさよし》（四二）を過失運転致傷の疑いで逮捕。この事故により被害者の飼い犬が死亡した。

——走る。

暗い夜道をただ走る。転びそうになっても、信号が赤になってもただ走った。

「待って〜」

シロが叫んでついてきていたけれど、待っていることなんてできない。

どうして。どうしてなの!?

読んだばかりの新聞記事を何度もくり返す。

【被害者の飼い犬が死亡した】

飼い犬、ってハチのこと? ううん、そんなはずがない。

きっと吉野が飼っていた犬が車に同乗していたんだ。そうに決まっている。

自分を納得させるそばからこみあげる不安を振り切るように、ただ走った。

住宅地には私の足音だけがこだましていて、だけど足を止めることができない。

やっと家の屋根が暗闇のなかに見えてくる。

「ハチ!」

叫びながら門を通り抜けて庭へ急ぐ。ハチの小屋が見えたとたん違和感で足を止めた。それは横たわっているハチの体が光っていなかったから。

「ハチ……」

あえぎながらハチの体の前でぺたんと膝を地面につけた。

ハチの口は軽く開き、その目は閉じたまま。

「ねえ、ハチ。ハチ!」

茶色の頭に手を置くと、氷のように冷たかった。

毛は重力に負けるように垂れ下がり、どんなに揺さぶっても起きてくれない。

「嘘……。嘘だよね、ハチ」

視界が潤んでいく。泣きたくないよ。だって、泣いたらハチが死んだことを認めてしまうことになるから。

「お願い、ハチ……。嫌だよ、こんなの嫌だよ！」

あっけなく頬にこぼれた涙が、ハチを見えなくする。

泣いても泣いても、涙が止まらない。

ハチの体の向こうに白い煙が見えた。クロが姿を現すと同時に、その胸に飛びついていた。

「クロ！　どうなってるの？　ハチが、ハチがっ！」

「すまない」

「それってどういうこと!?　ねえ、ハチを助けて。お願いだから、ハチを助けてよお……」

黒いシャツに胸をうずめて泣く私に、

「違うんだ」

クロはそう言った。さみしげな口調に聞こえた。

体を離す私の肩をクロがつかんだ。

「助けるのはハチじゃない。ハチがお前を助けたんだ」

「ハチ、が……？」

「ちゃんと思い出せ。あの日、なにがあった？」

じん、としたしびれとともに、あの交通事故が脳裏で再現される。

そうだ……あの日はいつものようにハチと散歩に出かけていて……。横断歩道の信号が青信号になり、足を踏み出したときに車のエンジン音がすぐそばでしたんだ。

「ハチは身を挺《てい》してお前を助けた。そのおかげで七海は助かったんだよ」

「え……」

頭のなかが混乱していて、うまく整理できない。

気づくとハチの姿はもう消えていた。

「ハチ！」

「もう肉体はお骨《こつ》になっている。この一カ月半の間、七海が見てきたハチは幻なんだよ」

「そんな……」

死んだのが私じゃなく、ハチだったなんて……。

そこでふと気づく。

「じゃあ、どうして私は未練解消をしなくちゃいけなかったの？」

そうだよ、新聞記事には私は意識不明の重体と書かれていた。

まさか、という考えが頭をよぎる。

「本当は、ほかの人も亡くなっている……の？」

「それは前にも否定したはずだ。みんな生きているよ」

「じゃあおかしいじゃん。誰も死んでいないのに未練解消するなんておかしいよ」

わけがわからない。なにもかもが夢だったらいいのに。

まだあふれる涙を拭う私に、クロは迷ったように視線を落とした。

「未練解消をしていたのはお前じゃない。ハチのほうだったんだ」

「え……ハチが？」

ああ、とうなずいてからクロがハチの小屋を見おろした。

「前にも言ったが、俺は動物の未練解消も担当している。ハチはお前のことが本当に大好きだった」

言葉が出てこなかった。しゃくりをあげて泣く私の頭にクロはぽんと手を置いた。

「動物の勘ってのは鋭くて、人間が思う以上に飼い主を大切に思っている。ハチの未練は、七海が後悔なく毎日を過ごしていくことだった」

「後悔……？　それってどういうこと？　わからない。わからないよ……」

ふ、と笑ったクロが、私の頭から手を離し、門のあたりへ視線をやった。つられるように私も見る。

そこに立っていたのはシロだった。

「シロ……」

その名を口にした瞬間、ふわりとなにかが視界に入った。私の体から金色の光が揺らめいている。手のひらも、胸も、つま先も、体全体が炎のように燃えていた。光はキラキラと輝いていて、これまで見た光の何倍も大きい。

「え……」

同じようにシロの体も燃えている。クロを見ると、やさしい笑みでうなずいている。

「シロってやつは俺の部下でもなんでもない。あいつが、ハチなんだよ」

シロがゆっくりと近づいてくるのを呆然として見る。

「七海ちゃん、ごめんね」

そう言うシロの瞳にはもう涙がいっぱい浮かんでいた。

「シロが……ハチだったの？」

「うん。クロさんにお願いして、姿を変えてもらったんだ」

「どうして……？　ハチは自分の命を捨ててまで私の命を助けてくれたの？」

震える声で尋ねる私に、シロは静かにうなずいた。

「そんな……。私はハチと一緒に生きたかったよお……」

信じられないよ。あんなに元気だったハチがもうこの世にいないなんて。私のせいで死んでしまったなんて！

「七海ちゃんが元気でいることが僕の願いなんだよ」

「どうして姿を変えてまで……？　だって、命を助けてくれただけでも十分だったのに……」

それ以上は声にならずにうつむく私の手をシロはギュッと握った。

「僕の未練が七海ちゃんにある、ってクロさんに言われたんだよ」

「しょうがないだろ。それが決まりなんだから」

非難されたと思ったのかギロッとにらんだクロが、

「それにしても難易度の高い未練だった」

そう言った。

「ハチはな、お前が最近元気がないことを知っていた。だから、死ぬ瞬間にも七海のことを心配していたんだよ」

「そうだったの？」

シロは白い袖で涙を拭きながら、何度もうなずいている。

「七海ちゃんには僕がいない毎日になっても、元気で過ごしてほしかった。だって、僕たちは姉弟だから。七海ちゃんはよく『泣けない』って悩んでいたでしょう？　僕が未練解消をするなかで、七海ちゃんが泣けるといいなって思ってた」

そうだったんだ……。ずっとハチは私のことを心配してくれていたんだ。死んでしまってもなお、私のことを……。

「じゃあ、私だけが生き残った……そういうこと？」

震える声で尋ねる私に、シロはやさしくほほ笑んでくれた。

「七海ちゃんは、おばあちゃんがいる総合病院に入院しているんだよ。もうすぐ目が覚めると思う」

「でもっ！」

――目が覚めた世界に、もうハチはいない。

唇をかみしめる私に、シロはいたずらが見つかったときのハチみたいに上目遣いになった。

「僕はダメだね。七海ちゃんが本当のことに気づくのが怖くって、総合病院に行こうとするのを邪魔しちゃった」

ああ、おばあちゃんの病院に行きたがらなかったのはそういう理由だったんだ……。

「そんなことないよ。ハチはいつも応援してくれて――」

言葉にならず涙が一気に頬を伝った。拭うこともせず、シロの体を抱きしめる。

おひさまのにおいがする。私が大好きだったハチのにおい。

「クロさんありがとう。僕の未練は解消できました」

「大変だったぜ。未練解消をしてほしい相手が意識不明だもんな」

私は名残惜しくシロから体を離し、クロへ体を向けた。

「毎日のなかにある後悔を消すために、私は未練解消をしていたの？」

「そんなところだ。意識不明の魂を無理やり走りまわらせて悪かったな。でも、おかげで本当の涙を流すこともできたからよしとしよう」

頬に手をやると、まだ涙で濡れている。

これが、本当の涙なんだ……。

「そろそろ時間だ」

クロの声に気づく。私とシロの体から出ている光は徐々に弱くなっている。

「嫌！　お願い、行かないで！」

なのに、目の前のシロはうれしそうに笑っていた。

「僕は満足だよ。だって、七海ちゃんが今ある未練を解消してくれたんだもの」

「でも……」

「最後は笑顔でさよならしたいな」

嘘だ。だって、シロだって笑いながら涙をぽろぽろこぼしているもの。子供のころからいつもそばにいたからわかるよ。だって、私もこんなに悲しくて愛おしい。

だけど、だけど……！

今度は私が彼の不安を取り除いてあげたい。ハチが安心してあっちの世界へ行けるように笑顔で……。

鼻で何度も息を吐いてから、私はほほ笑んだ。うまく笑顔を作れているかはわからないけれど、シロは白い歯を見せてひまわりみたいな笑みを返してくれた。

「七海、よく聞け」

クロがそばに立って言った。

「明日の朝、お前は目を覚ます。体は外傷があるが、それもじきに治る」

「うん」

「これからの人生、しっかり生きろよ」

「わかった」

うなずく私にクロは口をへの字に曲げた。

「やけに素直だな」

「だって、たくさん助けてくれた。ハチを人間の姿にしてくれたのも、クロなんでしょう？」

「なにかと面倒くさい犬だったからな」

ふん、とそっけなく言うクロはやさしい人だ。感情がないなんてのも、きっと嘘だったんだろう。

「そうですよ、クロさんはやさしい人なんです」

私の考えを読むようにシロが言った。

「だよね」

クスクス笑う私たちにクロは、

「うるさい。もう行くぞ」

と右手をあげた。白い煙が生まれる。

最後まで笑顔のまま、涙は見せずにいよう。無理をしているんじゃなく、それが私たちのためだと思えた。

「ハチ、元気でね」

「うれしい。最後にハチって呼んでくれた」

「クロも、本当にありがとう」

「もう俺と会うことがないよう、未練が残らない生き方をしろよ」

煙はふたりを包んでいく。

「ありがとうハチ！　ありがとうクロ！」

私、がんばるから。これからの人生、きっとがんばって生きていくから！

ふたりの姿が見えなくなる。やがて煙すら消えると、すべてが嘘だったみたいに静かな夜があった。

どこからともなく眠気がおりてくるようだった。

ハチの小屋を抱きしめて目を閉じる。

遠くなる意識のなかで、ハチの鳴き声が聞こえた気がした。

エピローグ

どこかで鳥が鳴いている。

まるで私に早く起きろと言っているみたい。

ゆっくり目を開けると、見たことのない天井があった。

ここは……病院だ。やわらかい光が病室に降り注いでいる。

長い夢を、見た。ううん、夢なんかじゃないよね。きっと本当にあった出来事なんだ。

自分でも驚くほど素直に受け入れていることに驚きながら、上半身を起こした。筋肉痛に似ている痛みにうめきながら、なんとか窓に目をやると、朝日が窓の向こうに顔を出していた。

今ならわかる。最初にクロと会った日にいた病院は、ハチが診てもらっていた動物病院だ。

おばあちゃんが死んだと思いこんだ私。

死んだのは私だと言ったクロ。

でも、本当に死んでしまったのは、ハチだったんだね。

もしも本当のことを知っていたなら、あんなふうに自分の未練解消はできなかったと思う。クロの選択は正しかったんだ……。

——ガシャン。

なにかが割れる音がして目をやると、

「七海……？」

目を大きく見開いた愛梨が立っていた。

「愛梨」

「嘘……。七海、七海！」

飛びつくように抱きしめられた。

「目が覚めたんだ。よかった……。ね、あたしのことわかる？」

興奮している愛梨に、「うん」と答えた。けれど愛梨はもう泣きじゃくっていた。

「あたし、七海が死んじゃうんじゃないかって！　なんかそんな予感がしていたの。七海にお別れを言われたような気がして……」

ああ、私が愛梨に会って未練解消をしたせいだとすぐにわかった。記憶は消されても感情は残るのかもしれない。

愛梨が短い叫び声をあげて、体を離した。

「大変！　おばさんとおじさんも呼ばなきゃ。さっき売店で会ったんだよ！」

慌てて出ていこうとする愛梨の腕をつかんだ。

「え？　どこか痛い？」

「ううん、違うの。あのね、愛梨、本当にありがとう」

にありがとう」

「私、愛梨がいてくれてよかった。こんな素直じゃない私と友達でいてくれて、本当にありがとう」

ぽかんとした愛梨が、ゆっくりと人差し指を私に向けた。

「ね……七海、泣いてるの？」

「愛梨だって泣いてるじゃん」

冗談ぽく言いながら頬に手を当てると、指先に涙が触れた。

ねえクロ。本当の涙ってすごいね。

悲しみとか苦しみ、うれしさやよろこび、いろんな感情が涙になるんだね。

泣くことで、後悔や未練は体から出ていくのかもしれない。

「と、とにかく呼んでくるから！」

飛び出していく愛梨を見送ってからサイドテーブルを見た。クラスメイトの寄せ書きや写真が飾られている横にスマホがあった。

電源を入れると、侑弥からのメッセージが何十件と届いている。どれも連絡が取れなくなった私を心配する内容で、彼の気持ちが詰まっていると思った。

メールで入院していることを告げると、【すぐに行く】と数秒で返事がきた。

侑弥に会ったら、告白の返事をきちんとしよう。

点滴の管に気をつけながらベッドから出て、窓辺へ行くと、町は太陽のもと輝いて見えた。瞳にまぶしく、幸福に満ちあふれて映っている。

「ぜんぶ、ハチが教えてくれたことだね」

もう一度、ハチに会える日が来たなら、私はこの世で起きたことをたくさん話そう。ハチはきっと少年のような瞳を輝かせて聞いてくれるはず。

それまでは私らしく、元気で毎日を過ごそうと思う。

待っていてね、ハチ。

いつか、私が眠りにつく日まで。

番外編　いつか、眠りにつく日～ＳＩＤＥ クロ～

人間というものはやっかいな生き物だと、常々俺は思っている。自分の死を受け入れないばかりか、逆ギレしたり泣いたりわめいたり。俺にヘンなあだ名をつけてきた人間もいたし、なかには最後まで未練解消を拒んだ人間もいた。

「ほんと、やっかいな生き物だ」

ぼやく俺に、隣に座る女子はプイと顔をそむけた。

〝案内人〟という仕事をはじめてもうずいぶんと経つので、こういう対応にはすっかり慣れている。

高校一年生、名前は安田《やすだ》ひまり。大きめの夏服のせいで余計に小柄に見える。伸ばしているという長めの髪がさらさらと風に躍っている。

未練解消の説明をしたあと逃げ出したひまりを追って、やっとこのビルの屋上で発見したのが一時間前のこと。それ以来、だんまりを決めこんでいる。

「いつまでここにいるつもりだ」

聞いてもこっちを見ようともしない。駅ビルの屋上のはしっこで、足を宙に投げ出して座るひまりは、俺の存在など見えていないかのように振る舞っている。

風にあおられて落ちてしまわないか心配だ。いや、迷惑なだけだ。

「こんなところにいても仕方ないだろう」

「…………」

「未練解消の相手が親だってわかったんだし、お前の体も光ってる。あとは、親に会うだけで終わるんだよ」

「……………」

金色の光がひまりの体から生まれ、風にそよぐ草木のように揺れている。あごのラインが震えているのは泣いているからだろう。

どういう気持ちなのか、俺にはわからない。感情があれば理解してやれるのだろうが、そんなことをしたら仕事が進まなくなるのは目に見えている。

「こんな場所にいるな。落ちたら悲惨だぞ」

「……いい」

やっと反応してくれたが、すっかりふてくされている様子。

ああ、人間はやっぱりやっかいな生き物だ。ため息をつく俺を、ひまりはキッとにらんでくる。

「どうせあたしは死んでるんでしょ。だったら、ここから落ちたって構わない」

グイと体ごと前に出たひまりに、俺は肩をすくめた。

「別に構わないさ。落ちたければ落ちればいい。ただ、体は生きてるときと同じように傷を負う」

「平気だもん」

「痛みもあるし、骨折だってする。だけど、未練解消までは死ねないし、動くこともできなくなる」

深夜になり町は蛍のようにほのかな明かりがある程度。こんな高さのビルの上からじゃ、地面すら見えない。

「未練解消はお前のためだけじゃない。親のためでもあるんだ」

「あの人たちは関係ない。ろくに話もしてなかったんだから」

言葉とは裏腹に、ひまりはおしりをもとの位置に戻した。

人間はやっかいなだけでなく、素直じゃない生き物だ。

「それでもお前の体は光った。つまり、親への未練が残っているってことだ」

「そんなの信じられない。だって、死ぬ前だってケンカしたし」

唇を尖らせるひまりは、親に未練があることを自覚している。だからこそ、反発してくるのだろう。

「俺は人間の親子関係ってのはわからない。この先、お前の両親が不幸になってもいいなら止めない。地縛霊にでもなんでもなるんだな」

立ちあがる俺にひまりは「待ってよ」と手すりをつかんで並んだ。

「なんでふたりが不幸になるの？　前に言ってた地縛霊がとり憑くってやつ？」

「そうだ。未練は解消されないと憎しみに変わる。お前が自身の手で親を不幸にしていくんだよ。お前のせいで親はこの先ずっと苦しむことになる」

「そんなの……」

ぽろりと涙が頬を伝うのが見えた。かわいそうに。

……なに考えているんだ。

そんな感情、あるわけがないのに、最近の俺はどうかしてる。

「最後に会うチャンスをもらえたんだ。今度こそ素直な気持ちで接することができるはずだ。だったら、やるべきだと俺は思う」

「………」

口をへの字に結ぶひまりはまだ悩んでいる様子。こういうときは余計なことを言わないほうがいいことを、長年の経験で俺は理解している。

しばらくして、ひまりは俺に顔を向けた。

「ねえクロ」

「その名前で呼ぶな」

顔をしかめると、「自分で教えたくせに」と、ひまりは文句を言った。

「名前を聞かれたときに、以前そう呼ばれたことがあると言っただけだ。さらに、そう呼ばれたくないとも言ったはずだが？」

眉をひそめながら気づく。さっきよりもひまりの表情がやわらかくなっている。

ひまりは落ちないようにギュッと手すりをつかんだまま空を見あげた。いつもよりやけに星が明るく感じられる夜だ。

「クロって名前で呼んだ人のこと教えてほしいな」

「は？　そんなの聞いても意味がないだろうが」

そう言うとひまりの瞳からまた涙がこぼれた。必死で冷静さを取り戻そうとしているのだろう。

「教えたら未練を解消しに行くのか？」

「たぶん」

意固地な年ごろには慣れている。俺は肩をすくめた。

「ひとりじゃない。これまで俺をクロと呼んだやつは三人ほどいたな」

「へえ。どんな子たちだったの？」

質問ばかりだが、答えないことには未練解消をしないのは目に見えている。

久しく思い出さなかった顔を頭に浮かべる。

「ひとりは泣き虫の女子だったな。なにかにつけて泣いて、でも最後はちゃんと未練を解消した」

「ふうん」

「もうひとりは半分地縛霊になってる女子。逃げてばっかりだったけど、そいつも最後は笑顔で旅立っていったよ」

「最後は？」

「最後は――」そこで口をつぐむ。まだあれから数カ月しか経ってないのか。なんだかずいぶん前のことのように思える。

俺の顔をじっと見つめるひまりに、咳ばらいをして続ける。

「最後の女子は、未練を解消していくなかでずいぶん変わった。本当に泣けるようになったし、強くもなった」

七海から俺の姿は見えなくなってしまった。

家の庭にはまだハチの小屋があり、たまに手を合わせている姿を見かけたりもする。断じてわざわざ見に行っているわけではない。

「みんな……未練を解消しているんだね」

感心したように言うひまりの口からは、白い息が漏れている。心が不安定になっているのだろう。

「なあ、ひまり」

「なに？」

「俺には人間の感情はわからない。きっと、今のお前はすごく不安なんだろうな。それを理解してあげられないのは申し訳ないが、お前の未練はたったひとつ。さらに、もうあと一歩で未練を解消するところまできている」

自分が死んだ、と言われてうなずける人間なんていない。未練解消をすることは自分の死を受け入れることになるのだから。

「ひまりのためだけじゃなく、残された親のためにもやってほしい」

俺の言葉にひまりはしばらく黙りこんでから、

「私は……やっぱり死んじゃったの？」

小声で尋ねた。

「すまない」

「そう」

うつむいたまま答えたひまりが、やおら顔をあげたかと思うと、ひょいと手すりを越えて内側に降りた。

金色の光を放ちながら屋上のドアへ歩いていく。

「おい」

俺の声にひまりは足を止めた。

「未練解消をするかどうかはわからないよ」

背中を向けたままそう言うひまりに、俺は「ああ」とうなずいた。

「まだ期限まではしばらくある。のんびり考えるといい」

「最後に教えてほしいんだけど――」

ゆっくり振り返ったひまりの顔は暗くて見えないけれど、きっと泣いている。

「未練解消をした子たちは、幸せになれたんだよね？」

「もちろん。それは約束する」

「……そっか」

ひまりの体から出ている光は、これまでよりもひときわ大きく、炎のように燃えていた。

笑みを残してひまりは屋上のドアを開け、去っていった。

泣いたり、笑ったり、悲しんだり、怒ったり――人間てのはやっかいな生き物だな。

しばらくすると、地上にひまりが放つ光が見えた。まっすぐに家のほうへ向かっていく。きっと、これから未練解消に向かうのだろう。

「がんばれよ」

らしくない言葉をつぶやいてから、俺はまた空を見あげた。

あの三人もひまりを応援してくれている。

そんな気がした。

【完】

あとがき

デビューして丸六年が経ちました。今日までの間、スターツ出版様ではたくさんの作品を発表させていただきました。青春・恋愛・ミステリー・ホラーと様々なジャンルの物語を紡いできましたが、根底にあるテーマは変わらず、「生と死」です。

人はいつ、どんな形でその命を終わらすのかはわかりません。さっきまで笑い合っていたと思っていたのに、昨日まで元気だったのに、明日謝ろうと思っていたのに。残された人はきっと悲しみのなか、後悔に打ちひしがれるでしょう。しかし、きっと先に逝くほうにもたくさんの後悔があると思います。

「いつか、眠りにつく日」シリーズも第三弾となります。昨年続編を刊行させていただきましたが、どちらも『生きているってすごいことなんだ』ということを伝えたくてペンを走らせました。

今回の「いつか、眠りにつく日３」では、過去作で描ききれなかった今の気持ちすべてを主人公に託すことができました。

第三弾という位置づけですが、シリーズどの作品から読んでいただいても大丈夫です。「1」「2」を読まれたかたには、ちょっとした物語のリンクも入れてあります。

これからも作品を発表する機会があると思いますが、このシリーズは私の原点であり、今後も大切にしていきたい作品です。


応援してくださる皆様の声が私に物語を紡がせてくれます。たくさんの感想に、私のほうが勇気づけられ涙することもあります。心から感謝しております。

また、イラストレーターの中村ひなたさんがいなければ、この作品が多くのかたに読んでもらえることもなかったと思います。今回もすばらしい表紙を描いてくださりありがとうございます。デザイナーの西村弘美様もいつもありがとうございます。


毎日のなかで後悔をなくすことは難しいし、私も反省の日々です。

たったひと言の「おはよう」や「ありがとう」に心を込めることからはじめれば、あなたの周りに笑顔の花がきっと咲きます。

これからもそんな日々が送れるよう、この作品をあなたに贈ります。

二〇二一年一月　いぬじゅん

この物語はフィクションです。実在の人物、団体等とは一切関係がありません。

いぬじゅん先生へのファンレターのあて先
〒104-0031　東京都中央区京橋1-3-1　八重洲口大栄ビル7F
スターツ出版（株）書籍編集部 気付
いぬじゅん先生

いつか、眠りにつく日３

2021年1月28日　初版第１刷発行

著　者　いぬじゅん　

発 行 人　菊地修一
デザイン　西村弘美
発 行 所　スターツ出版株式会社
〒104-0031
東京都中央区京橋1-3-1　八重洲口大栄ビル7F
出版マーケティンググループ　TEL 03-6202-0386
（ご注文等に関するお問い合わせ）
URL　https://starts-pub.jp/
印 刷 所　大日本印刷株式会社

Printed in Japan

ISBN　978-4-8137-1039-4　C0193

ISBN978-4-8137-0092-0

ISBN978-4-8137-0704-2